CARAMBAIA

ilimitada

Madeleine Bourdouxhe

A mulher de Gilles

Tradução
MONICA STAHEL

Posfácio
MICHEL THORGAL

I

"Cinco horas… Logo ele vai chegar…", Élisa pensa. E diante dessa ideia não consegue fazer mais nada.

Ela esfregou, lavou, limpou durante o dia todo, e preparou uma sopa grossa para o jantar — não é costume do lugar comer demais à noite, mas ele precisa disso, pois na fábrica só almoça fatias de pão com ovos. Agora, ainda que só falte pôr a mesa, seus braços se entorpecem e caem ao longo do corpo. Uma vertigem de ternura a paralisa, imóvel e ofegante, agarrada com as duas mãos à barra de estanho do fogão.

É todo dia a mesma coisa. Gilles vai chegar dali a alguns minutos: Élisa é apenas um corpo sem força, com a doçura aniquilada, a languidez dissolvida. Élisa é apenas espera.

Ela crê que poderá precipitar-se para ele e estreitá-lo nos braços. Mas, ao ver aquele corpo grande e musculoso que aparece de repente com roupa de veludo no vão da porta, ela fica com menos força ainda.

Toda vez, ele a encontra imóvel, um pouco atordoada, e é ele quem se aproxima e a beija suavemente na testa.

— Você não viu as crianças? Elas foram te encontrar...

Ele tira o casaco de trabalho, passa nos cabelos a mão calejada, senta-se. Sua camisa se entreabre sobre seu torso nu, ele esfrega um pouco o peito no lugar em que tem um pequeno tufo de pelos.

Responde:

— Não vi... é que elas foram brincar no campo com os outros. Temos um pedaço de grama aqui, mas as crianças sempre preferem o jardim dos outros...

— Não estou preocupada... Mas é por causa do banho do sábado... Preparei a bacia grande... A água está esquentando no sol.

Aproxima-se dele, aspira em suas roupas um cheiro forte de suor, de ferro, de óleo, de trabalho: o cheiro de Gilles... Roça a bochecha macia na pele dele, sem barbear: a bochecha áspera de Gilles... Os cabelos de Gilles... a boca de Gilles... os olhos de Gilles...

— Gilles... – ela diz, nome curto e molhado como um sussurro, e quando o pronuncia a saliva enche-lhe a boca, umedece-lhe os lábios curvos, às vezes extravasa para as comissuras em duas bolhas minúsculas.

Ela vai de novo até o fogão. Soergue a tampa do caldeirão, só para deixar passar o cheiro: Gilles o aspira com uma cobiça de homem faminto e dá um longo suspiro enamorado sonhando com o banquete que se aproxima. Élisa ri.

— Ainda é muito cedo! – ela diz. — Mas... olha só!

E põe na frente dele uma torta de arroz salpicada de açúcar.

Depois senta-se e o vê comer cada quarto em três bocados.

Gilles limpa a boca com um gesto amplo da mão. Em pé diante do fogão, serve-se de uma xícara de café.

Sua calça grossa de trabalho se mantém sem cinto sobre os quadris vigorosos. Ele tem o corpo esguio, enxuto e forte dos operários do lugar.

Mas seus olhos são muito mais bonitos do que os dos outros.

No jardim, Élisa debruça seu belo corpo pesado sobre a bacia; a água está morna conforme convém, para verificar mergulha nela os braços nus, e fica um pouco assim, entregue à suavidade da água. Vê o reflexo de seu rosto, distorcido por uma cintilação de sol. Inclinando um pouco a cabeça, ela alcança uma zona de sombra e sua imagem aparece mais nítida: o rosto é longo e cheio, os traços são regulares, os cabelos, escuros e brilhantes. Mulher do Norte, de onde lhe vem aquele ar estranho de espanhola...

Ela se apruma, circunda a boca com as mãos molhadas, grita pelas crianças.

Sorri para Gilles, que, da janela, olha para o jardim.

Ele gosta daquela faixa estreita e comprida de terra que lavrou e semeou nos domingos de primavera. Foi ele que construiu o pombal de tijolos cor-de-rosa, foi ele que plantou a sebe de groselheiras e fez a borda de pedras ao longo do riacho que atravessa a largura do jardim.

Quando visitaram a casa, ele hesitara em alugar. Mas Élisa avistou aquele trecho de riacho. Gilles observou-a correr para a água: ainda tinha corpo de mocinha e dois pequenos seios rígidos saltitaram dentro de sua blusa. Ao ver aquilo, sentindo como que uma grande concentração de felicidade, tomara a decisão imediatamente.

Também gosta da casa, dois cômodos embaixo, dois quartos no andar de cima e, debaixo do telhado, um grande sótão iluminado por janelas baixas.

Gilles volta-se para a cozinha: ouviu as crianças chegarem, duas gemeazinhas loiras, bem-comportadas e tímidas. Põe cada uma delas sentada num joelho. Sopra-lhes nos olhos para fazê-las dar risada. Ver os dois pares de cílios longos baterem daquele jeito sempre o comove um pouco e ele diz baixinho: "Sou muito feliz por ter duas meninas".

Élisa vem buscar as meninas para o banho.

Mais uma vez, Gilles aspira profundamente o cheiro de sopa. Logo o jantar será servido... Amanhã é domingo: ele não trabalha... Seu corpo prepara-se lentamente para um longo descanso. Ao acordar, Gilles vai fazer amor. No domingo de manhã é sempre assim: tem o tempo todo pela frente e não está exaurido por uma jornada inteira de trabalho. Nos outros dias há pouco espaço para o prazer e, se por acaso acontece, é ainda de manhã, nas semanas em que ele trabalha à noite na fábrica: quando volta para casa em meio à névoa matinal, Gilles vê brotar por todo lado o enorme vigor do dia e, antes de mergulhar na noite artificial que, para ele, segue-se à outra, tem vontade de também participar da vida. Então se apressa para encontrar Élisa ainda na cama.

Ela o espera, com os olhos cansados de insônia: dorme mal quando ele não está. Deixa-se tomar, dócil e doce, fascinada pela alegria que ilumina o rosto debruçado sobre ela, e quando Gilles, preocupado por um primitivo orgulho masculino, lhe pergunta desajeitado se ela teve prazer, responde com toda a boa-fé, sem conceber que seja possível imaginar para si outra alegria que não a de poder oferecê-la a Gilles. Levanta-se e, para que ele possa dormir quanto antes, prepara-lhe pão com manteiga e café. Ao servi-lo, lança-lhe olhares ternos e envergonhados: tão pudica, tem um pouco de vergonha das carícias intensas feitas assim, em plena luz, ao sol vivo e puro da manhã, vergonha que ela se emociona por sentir tão terna.

Gilles vem de novo debruçar-se na janela. Ele não pensa em nada, e em um monte de coisas bem pequenas. Amanhã é domingo... o cheiro de sopa continua se espalhando... as flores do jardim são bonitas... Como a vida é doce, Gilles...

Placidamente vê Élisa ensaboar dois corpinhos nus ao sol poente.

II

Élisa sentara as filhas na mesa e tirava-lhes a roupa para dormirem.

— Alguém acabou de abrir o portão do jardim – ela diz.

Olhou pela janela.

— Ah! É Victorine...

— Você chegou bem na hora de dar um beijo nas meninas – ela disse à mocinha que entrava. — Ia levá-las para a cama. Você fica uns minutos? Eu desço logo...

Ela pegou uma das meninas no colo, empurrou a outra à sua frente e devagar, um pouco ofegante, subiu a escada em espiral que dava na cozinha.

Gilles, tranquilamente, enchia de fumo sua grande tabaqueira de bexiga de porco.

— Belo dia! – ele disse a Victorine.

— De fato – ela respondeu. — Aqui, tudo bem, já estamos quase no campo... Mas na cidade está sufocante... E ficar o dia todo fechada numa loja não é nada agradável.

Ela se sentou à mesa de viés, de frente para Gilles. Pegou um carnê de selos de promoção que Élisa deixara ali e automaticamente começou a colar os selos.

O desejo nasce assim, de um nada. Gilles viu uma boquinha vermelha que se abria a cada poucos segundos dando passagem a uma língua estreita que dois dedos acariciavam suavemente com um quadradinho de papel. Ele olhava aparvalhado, sem fazer um gesto. Muitas vezes, olhando para Élisa, ele bruscamente a desejara, mas agora era um desejo mais agradável, que crescia devagarinho. Desta vez, um grande pânico lhe tomava todo o corpo e ele tinha a impressão de que a cabeça se enchia de sangue.

Tentou pensar. "Ora, é Victorine... eu a conheço há anos... De trança caindo nas costas, depois de coque... É só a pequena Torine, ora." Mas não adiantava. Tudo aquilo já não tinha nenhum sentido. A outra continuava colando os selos, e os lábios se abrindo, a língua entrando e saindo de novo, era como se os estivesse vendo pela primeira vez. Ele se levantou, rodeou a mesa, foi apoiar-se na barra do fogão e ficou assim, em pé, de olhos arregalados fixos em Victorine.

Vamos, meu pobre Gilles, até agora não há nenhum grande mal... um grande desejo de homem, surgindo assim de repente em pleno âmago da carne e sem ser levado por nenhum pensamento, não é grave. É tudo uma questão de não lhe dar atenção e deixá-lo ir embora sozinho, sem razão, tal como chegou.

Mas a safada levantou a cabeça: ela era daquelas que compreendem imediatamente e não perdem a oportunidade.

Há pessoas cujo coração se desenvolve desmedidamente. Para Victorine era o sexo que ocupava todo o espaço. Tinha nascido assim, não podia fazer nada, pobre moça. Entretanto, é bem asqueroso ser assim.

Ela cruzou as pernas e, fingindo estar cansada, espreguiçou-se lentamente, com um pequeno suspiro manhoso muito suave. Rapidamente observou o olhar de Gilles, fechou o carnê de selos, levantou-se e aproximou-se dele. Olhou-o: era um belo homem.

Pernas de homem... Torso de homem... ombros de homem... Colou-se nele, inteirinha.

Com cinco segundos de atraso, Gilles compreendeu que estava possuindo a boquinha vermelha e que, assim, saboreava um leve aroma de cola.

Suas pernas tremiam, ouviu-se Élisa descer os primeiros degraus, ele não saiu do lugar. Mas Victorine deslizou sutilmente até a cadeira e pôs-se a tamborilar com os dedos na mesa, cantarolando uma melodia conhecida.

— Elas demoraram para adormecer... – disse Élisa.

Inclinou-se para a gaveta de carvão, querendo puxá-la. Mas os pés de Gilles estavam atrapalhando. Ficou com a mão estendida, esperando que ele recuasse. Levantou o olhar, percorrendo aquele grande corpo imóvel: as pernas de Gilles... o torso de Gilles... os ombros de Gilles... Ela sorriu ao ver aquele rosto aparvalhado, aqueles olhos vazios.

— O que foi? Mexa-se, seu tonto! – ela disse, rindo, e deu um grande beijo sonoro na bochecha do único homem que existia para ela.

— Você janta conosco? – ela perguntou para Victorine.

— Tudo bem – respondeu a moça, e levantou-se para ajudar Élisa a pôr a mesa.

Os três sentaram-se à mesa. Gilles tomou a sopa sem dizer nada. Victorine contava uma longa história sobre a caixa da loja onde trabalhava. Élisa a ouvia com o coração tranquilo, comendo com apetite. Gilles pegou um pouco de batata com toucinho, mas não conseguiu comer tudo.

— Não gostou? – perguntou Élisa. — Quer que eu faça uns ovos?

— Não, não estou com fome... a comida não está me descendo bem...

Ela o olhou preocupada. Ele sentiu a perna de Victorine roçar na sua. Estava morrendo de calor; pela janela escancarada para a escuridão não entrava nenhum frescor.

"Se uma das duas saísse daqui, seria melhor", disse a si mesmo.

Mas, depois que Victorine foi embora, ele olhou em volta: a mesa... as cadeiras... o calendário na parede... o relógio...! Ora, mas está tudo como todos os dias... Não, isso ele não podia admitir.

Ficou alguns minutos sem falar; ele, que nunca havia notado que o ar e as coisas fossem diferentes conforme houvesse calma ou barulho, pensou: "O silêncio pesa como chumbo", e pareceu-lhe insuportável. De repente falou:

— Vou dar uma olhada nos pombos...

— Agora? – perguntou Élisa.

A esta hora, não é de hábito, mas, afinal...

— Pois então vá... – disse ela. — Mas você vai acordá-los.

Lá fora, ele passou diante da porta do pombal, virou à direita e rodeou o canto da casa, subiu a escada de concreto que chegava ao portão e se debruçou sobre a cerca. Uma blusa branca dá para enxergar no escuro. Não, não havia ninguém na rua. Meticulosamente, dirigiu os olhos para o fundo do jardim.

Lentamente voltou a descer os degraus. Então se apoiou um pouco na parede da casa e murmurou: "O que está acontecendo comigo?".

Empurrou a porta do pombal. Gostava daquele cheiro de grãos e penas; naquela noite não o aspirou com toda a força, como sempre fazia. Automaticamente riscou um fósforo: olhou sem ver nada.

— Então? Vamos subir para deitar, meu homem querido? – gritou Élisa da soleira da porta.

Ele entrou, puxou a correntinha do lampião de gás e, tateando, chegou até Élisa, que o esperava nos primeiros degraus. Subiram como todas as noites, Élisa um pouco de lado, com um braço para trás, enlaçando os ombros de Gilles.

III

"Ah, não, não é nada... eu é que estou mudando... pois, afinal... as compras, como sempre... o sindicato... Ele leva café à casa da minha mãe... Decerto sou eu... meu estado."
Élisa estava no quarto degrau da escada de concreto. Como nos outros, raspou a neve, juntou-a num montinho à esquerda, escovou até o concreto ficar limpo. Então se ajoelhou no degrau limpo e atacou o quinto.

— Ah, ali, mais em cima... também.

Esticou o peito, apoiou a mão esquerda direto na neve e olhou a marca do sapato de sola de pinos. Houve uma pequena contração dos músculos do rosto, como se tivesse perdido um pouco o fôlego. "Coraçãozinho querido..." Não tinha falado, mas seus lábios estremeceram seguindo o ritmo das palavras.

Mais um degrau feito... pronto, assim... empurrar a camada grossa de neve, isso é o mais agradável... depois escovar... E mais um monte...

"Vou pedir que ele tire com a pá todos esses montinhos daqui a pouco, sim... E aí ele vai fazer de novo aquela cara... Ah, realmente..." Ela virou-se, sentou-se num degrau ainda cheio de neve e ficou ali por um momento, com a escova na mão. Viu-o claramente, sentado diante do fogo, as pernas esticadas, os pés apoiados na porta do forno aberto, com aquela nova cara de empanturrado sonolento. Uma vontade meio adormecida puxava-lhe a cabeça para a frente, para trás, dando pequenos trancos; depois, de repente ele se aprumava, se agitava como que resfolegando: havia algo de amarfanhado em seu rosto bonito, e as veias da testa estavam mais saltadas. "Ah, sim, vou dizer: 'E se você fosse recolher os montes de neve com a pá?'. E ele vai dizer: 'Pf! Os montes, que se danem...' E depois vai fazer aquela cara. Ele..."

Gilles vai se sentar, com aquele jeito de quem se põe à vontade, vai fungar, cuspir sem cerimônia no lenço e sorrir com voracidade olhando para um ponto fixo do fogão. Ah, sim, os montes, que se danem.

"Ora, não, sou eu... Tudo me parece estranho... E meu estado. Será que eu era assim com as gêmeas? Pá! Mais um chutezinho... em cheio na barriga da mãe... Pois é! Esse vai ser forte... Sim... decerto sou eu... Tudo bem! Vamos lá!"

Ela atacou o penúltimo degrau.

Desceu devagarinho, segurando-se na parede para não escorregar com seus tamancos grandes

demais. Ao chegar diante da porta da casa, tirou-
-os e entrou levando-os na mão, andando em silêncio com as meias úmidas, os olhos fixos no ventre
inchado. Carregava com orgulho, bem ressaltado,
aquele novo peso que lhe vinha do corpo de Gilles.

Ele chegou, um pouco atrasado, acompanhado de
Victorine.
— Trouxe a menina... – disse ele. — Ela parecia entediada em casa, e, como você quase já não
sai, pensei que talvez eu pudesse dar um passeio
com ela à noite...
— Fez bem – respondeu Élisa.
Ela olhou para a moça. Orgulhou-se em vê-la
tão bonita e viçosa e, pensando em seu próprio
corpo, cada dia mais pesado e deformado, disse a
si mesma: "É muito bom ele sair com ela, vai distraí-lo".
Ficou envergonhada por ter sentido, ainda à
tarde, aquela inquietação imprecisa e, como que
para ter uma prova, perguntou:
— Você pode tirar os montinhos de neve com a
pá? Deixei-os nos degraus.
— Claro – ele disse. — Agora mesmo!
Ela o olhou com um largo sorriso satisfeito.
Gilles saiu assobiando. Enfiou a pá por baixo
do primeiro monte.
— Vamos tirar os montes que ela juntou... se
isso a deixa feliz, que diferença faz para mim.

Élisa servira o jantar rapidamente para não atrasá-los.

— Não estou com muito dinheiro – disse Gilles na hora de sair.

— Espere – disse Élisa –, eu te dou, aonde vocês vão?

— Bem... decerto ao cinema...

Victorine pusera as luvas, o chapéu. Apoiada na mesa com as duas mãos, ela esperava, pronta para sair. Gilles estava bem perto dela.

Dando as costas para o cômodo, Élisa remexia a bolsa, diante do armário. Ia fechá-la, com o dinheiro na mão, e foi nesse exato momento que de repente lhe voltou a inquietação. Já não era um incômodo vago ao qual nos entregamos por um instante para em seguida nos livrarmos dele, mas uma angústia mais pesada, mais definida: diante dela havia o mundo familiar de alguns objetos, olhou fixamente para cada um, depois deteve o olhar em suas mãos trêmulas, entreabertas sobre a bolsa, *e atrás dela havia um outro mundo completamente confuso, desconhecido e ameaçador*. Sentia-o assim e tinha certeza de que não estava enganada, e *não devia virar-se de repente e enfrentá-lo*.

Perturbada por aquela misteriosa clarividência que subitamente acabava de lhe apertar a garganta, esperou um instante. Depois se virou lentamente, primeiro de perfil olhando à sua frente com olhos um pouco distraídos, depois de três quartos, depois de frente... Olhou para eles.

Pareciam não ter feito nenhum gesto, estavam ali tal como os vira alguns minutos atrás, *antes de lhe ter acontecido aquilo*.

Aproximou-se e estendeu o dinheiro para Gilles. Sua expressão era absolutamente normal. Mas ela sabia que ia dizer alguma coisa; não sabia o sentido: no entanto, não seria uma frase saída de seus lábios como que inconscientemente, mas uma frase necessária, da qual seria dona absoluta.

Gilles enfiou o dinheiro no porta-níqueis, pegou o chapéu.

— Pronto! Vamos? – ele disse, olhando para Victorine.

Então Élisa disse:

— Afinal... cinema não é cansativo... vou pedir a Marthe que venha ficar com as crianças e irei com vocês. Esperem um minuto. – Vestiu rapidamente o casaco e saiu para avisar a vizinha, sem parar nem um segundo sequer para ver a expressão perplexa deles.

Logo foi ao encontro deles e os três desceram o caminho escorregadio e lamacento. Não falaram nada. O ar estava gelado. Gilles erguera o colarinho. Cada uma das duas mulheres passara um braço debaixo do braço de Gilles; com a outra mão cobriam a boca com o cachecol de pele. Apesar do peso do ventre, Élisa não tinha nenhuma dificuldade em andar pelas pedras do caminho. Passava os olhos com vivacidade pela fileira de casas, à direita e à esquerda, e seu olhar rápido registrava tudo com acuidade. Reparava em cada pedacinho de gelo sujo que cintilava na valeta que beirava a calçada; via exatamente onde terminava o halo das lâmpadas da rua. Ao passar diante de uma janela iluminada, viu uma mulher debruçada sobre uma mesa meio desfeita: teve tempo de vislumbrar-lhe o rosto, os cabelos, a boca, os gestos, a vida. Por aquele olhar, que havia durado exatamente os poucos segundos necessários para três corpos em marcha atravessarem um retângulo de luz, Élisa compreendeu aquela mulher.

Disse a si mesma que aqueles dois seres que andavam a seu lado, na mesma cadência e no mesmo caminho, embora também vissem os pedaços de gelo, a névoa luminosa das lâmpadas, as fachadas cerradas ou as janelas iluminadas que aureolavam com uma luz triste a vida das mulheres, não tinham conhecimento algum dessas coisas. E sentiu um orgulho profundo, mas sem desprezo, invadi-la e reconfortar-lhe o coração.

Chegaram à parada do bonde que os levaria rumo à cidade, ninguém havia falado ainda.

Sentada na sala escura, Élisa sentiu indistintamente que naquelas trevas desconhecidas, confundidas por ela com o mundo ameaçador que se revelara havia pouco entre Gilles e Victorine, *lá era seu lugar*. Por quê? Não sabia. Era uma certeza bem-aventurada. Não sentia necessidade nem de compreender nem de procurar saber. Ainda estava apenas naquele estado de euforia, provocado, em meio ao perigo, pela presciência do coração.

Mas, depois que levaram Victorine para casa e, de passagem, cumprimentaram os pais, quando Élisa já deitada ouviu os primeiros roncos de Gilles adormecido, sentiu que respirava num mundo que voltara a ser normal. E agora, despojada daquela sensação de agir de acordo com razões obscuras mas imperiosas, teve a liberdade avassaladora de olhar as coisas de frente.

Escrutaria, esquadrinharia aquela atmosfera perturbadora de mal-estar que pesava à sua volta havia algumas semanas, ela a escrutaria, a esquadrinharia até que revelasse seu segredo.

Voltou lentamente para trás, vasculhando suas lembranças.

Não expressava nada a si mesma, fazia as imagens desfilarem à sua frente: Victorine... depois Gilles... novamente Victorine – depois Gilles e Victorine... E de vez em quando, como que fiel a uma ordem tácita, o mecanismo da lembrança se detinha num gesto, numa atitude, num final de sorriso que, surpreendido por um olhar inesperado, hesitara tolamente em fugir. E mais uma vez as imagens desfilavam, rápidas e inúteis ou pesadas, confidenciais e repentinamente imobilizadas, submetidas à minúcia da investigadora. Victorine... Gilles e Victorine... E sempre voltava como um *leitmotiv* a nova fisionomia de Gilles em que, saindo à procura de sinais familiares, os olhos inquietos de Élisa tinham descoberto nos últimos dias estigmas indecifráveis e cruéis.

De cada imagem se destacava, pequena abstração dolorosa, um novo fragmento de conclusão. Nenhum deles tampouco foi expresso em palavras, mas, mudos e sem significado aparente, amontoavam-se no coração de Élisa. E logo, de sua misteriosa colaboração, nasceria a simples oração gramatical que varreria as imagens doravante inúteis, tendo-as reunido numa verdade precisa, espantosamente curta, toda contida em seu feroz conjunto de palavras.

De fato, Élisa interrompeu o desfile das imagens. Disse a si mesma: "Há semanas está acontecendo alguma coisa entre Gilles e Victorine... Talvez já seja até tarde demais para impedir o pior...".

Mas eram apenas etapas. Élisa esperou um instante. Juntou forças. Por fim conseguiu: corajosamente, disparou direto em seu coração: "Gilles já não me ama". Ela vacilou. Num amplo gesto desajeitado estendeu os braços para Gilles adormecido, como se fosse lhe pedir ajuda. Deteve-se a tempo. Não, Élisa, desta vez você vai sofrer sozinha. Pela primeira vez não pode pedir apoio à ternura de Gilles, precisa se defender como se estivesse sozinha no mundo. Ninguém poderá te ajudar, *Gilles não pode te ajudar...* Você está sozinha diante da maior dor de sua vida.

O sofrimento a afundava em ondas sucessivas e cada vez mais densas. Sentiu que logo iria se entregar e comprometer tudo.

De repente ela se livrou das cobertas e saiu da cama.

Gilles agitou-se um pouco e perguntou com voz sonolenta:

— O que foi?

Élisa conseguiu articular:

— Estou morrendo de sede... vou descer para tomar um copo de água...

Saiu do quarto, com os dentes cerrados, os braços esticados, tateando na escuridão.

Chegou à cozinha, fechou a porta atrás de si, caiu ajoelhada perto do fogão apagado.

Em intervalos de poucos segundos, sua cabeça se erguia, lançava-se para trás e voltava a cair nos braços apoiados no ferro gelado, sob o impulso de cada soluço.

Ao subir de volta ao quarto, ela era apenas um pobre corpo exausto. Agora o que lhe doía era principalmente a cabeça inchada, dor que se manifestava como pulsação dolorida nos supercílios. Mas, ao voltar para a cama, Élisa ainda teve força para se deitar bem rígida, o mais próximo possível da beirada: sabia que suas lágrimas não tinham se esgotado, e bastaria que ela roçasse com a mão ou a perna aquele calor familiar para que um enorme soluço a chacoalhasse de novo e, levantando-se, gritando e sacudindo Gilles pelos ombros, ela o proibisse brutalmente de não a amar. Então, sob a luz precária da lamparina noturna, ele veria, debruçada sobre si, uma mulher descabelada, de rosto inchado, corpo deformado preenchendo uma triste camisola de flanela e que para segurá-lo não teria encontrado nada além de uma dor profunda e desastrada. Além do mais, ela cheirava a lágrimas. Sentia o gosto delas nos lábios e nas mãos; seus cabelos, todo o seu rosto, seus braços, seus lençóis estavam impregnados. E ela pensou que o cheiro do sofrimento sempre repugna o outro.

Precisava então ficar muito quieta... os braços junto do corpo... Não se mexeu mais.

Começou de novo sem ela perceber, as lágrimas corriam naturalmente, quentes pela face, e deslizavam frias até o pescoço. Fazia apenas alguns instantes ou fazia horas? Não sabia. Ficara deitada assim, vencida por uma dor imóvel, que não era perturbada nem por pensamentos nem por imagens. Às vezes nem sabia mais por que sentia tanta dor. Lágrimas silenciosas, mas Élisa sufocava e bastaria que se assoasse para acordar Gilles. Então disse a si mesma que bastava de fraqueza. O jogo era muito arriscado.

Élisa franziu sua testa bonita, apertou um pouco os maxilares, olhou fixo para a janela.

Viam-se lá fora clarões esbranquiçados. Mas era apenas o amanhecer artificial de uma terra coberta de neve. Élisa achou que de fato era fim de noite, teve medo do tempo tão breve que lhe restava até o despertar de Gilles. Espreitava, inquieta, os primeiros clarões mais definidos, porém nada se alterava naquela claridade pálida. Teve a impressão de que uma ajuda misteriosa lhe vinha de fora e bendisse aquele amanhecer cúmplice que não terminava.

De olhos abertos para aquela falsa promessa, Élisa empenhou-se em sofrer sem chorar.

IV

De manhã, Élisa levantou-se como sempre, preparou o café de Gilles, as fatias de pão com manteiga. Em sua atitude, nada a denunciava. Seus olhos ainda estavam inchados, mas ultimamente era comum Élisa às vezes acordar com as feições cansadas.

Depois que Gilles saiu, ela se entregou às tarefas de sempre. Foi até mais minuciosa ainda ao limpar o tampo do fogão e esfregar o piso da cozinha.

Às vezes parava no meio do trabalho e esperava um pouco, com os olhos fixos; não é que voltasse a escrutar o passado ou refletisse sobre a atitude que tomaria: apenas elaborava a descoberta que fizera na véspera. Sabia que deveria agir, mas não queria definir agora em que sentido. Precisava primeiro acostumar-se à ideia. A cada vez repetia a mesma coisa, depois retomava o trabalho, empenhando-se em readquirir um equilíbrio exterior num mundo de objetos domésticos, de gestos habituais, de preparativos cotidianos. E, além do mais, de todo modo o trabalho tinha de ser feito...

Ao anoitecer, ela deu de comer às crianças, aprontou-as para a noite. Assim, ao voltar, Gilles poderia brincar um pouco com elas, como gostava de fazer, mas, se Élisa percebesse que ele estava com vontade de fumar, de ler o jornal ou de descansar em silêncio, levaria as meninas para o quarto.

Alguns dias se passaram assim. E, quando se tratava de um objeto ou de uma ação que Élisa revia ou repetia pela primeira vez depois da descoberta, cada vez era uma nova provação a ser superada. Quando, da janela do sótão, viu mais uma vez o jardim e seu riacho da perspectiva particular que se tinha daquela altura, o feixe de lembranças felizes que explodiu de repente em seu coração machucou-a com tal crueldade que ela quase cedeu ao pânico e desceu até a cozinha para se jogar aos pés de Gilles, suplicar que ele confessasse tudo nos menores detalhes ou para bater nele, deixá-lo tão machucado quanto ela... até ele jurar que nunca mais veria Victorine... bater nele com os dois punhos que, crispados, ela apertava agora contra as bochechas...

Mas, depois de alguns dias, Élisa completou, sem enfraquecer, o ciclo das ações que formavam sua vida semanal. A catástrofe perdera aos poucos o caráter agudo de revelação. Tudo o que cercava Élisa já não tinha aquele aspecto perturbador de revolta ou de incredulidade. Ela conseguira dar aos próprios objetos um reflexo de desgraça. Assim, acomodando-se à dor que acabara lhe impregnando o coração e a carne, eles voltaram a se tornar familiares para ela.

E, monótona, a vida que fluía naturalmente na felicidade fluiu naturalmente na infelicidade.

Mudança interior, confidência entre as coisas e o coração, segredo prudentemente lacrado: Élisa manteve seu belo sorriso profundo, seus gestos ao mesmo tempo atentos e doces, seus grandes olhos escuros que pousavam nos outros seus olhares luminosos e sorridentes.

V

Ao chegar mais um domingo, Élisa sabia que, sem perda de tempo, precisava encarar o futuro. Também era preciso que, antes, soubesse com certeza em que pé estavam as coisas. O que havia exatamente entre eles? Quando se viam? Onde? Mas não poderia perguntar. Então... observá-los, verificar todas as ações... Seguir Gilles quando suas saídas pudessem ter outros objetivos que não a fábrica ou um afazer bem definido... Ou seja...

À tarde, por volta das quatro horas, espreguiçando-se longamente e dando um bocejo que indicava o tédio do homem entorpecido de tanto descansar e tornava sua frase muito natural, ele disse:

— Vou sair um pouco...

Ela lhe entregou o casaco de couro, o boné.

— Não volte muito tarde – ela disse amável, beijando-o.

Mas, assim que ele fechou a porta atrás de si, ela jogou o casaco sobre os ombros e disse às gêmeas:

— Comportem-se! Eu já volto...

A noite já tinha caído, mas imediatamente ela avistou a silhueta alta de Gilles subindo pelo caminho.

Escolheu a zona de sombra mais escura e subiu no maior silêncio possível.

Um homem acabava de cruzar com Gilles e logo passaria perto de Élisa. Podia ser um amigo, um conhecido... Então ela se pôs a correr para dar a impressão de que estava indo ao encontro de Gilles, que simplesmente saíra na frente. O homem passou sem cumprimentar Élisa, que voltou a subir mais devagar, mantendo sempre a mesma distância entre Gilles e ela.

Chegando aos Goblet, ele parou e entrou. Ela continuou andando. Na beira do quadrado de luz projetado na rua pela vitrine da padaria, ela parou desconcertada. De fato, ele simplesmente tinha entrado... e nos fundos da loja conversava um pouco com um amigo...

E agora?

Ela viu, encostado à ala direita da casa, o jardim deserto com caramanchões de falsa-vinha, onde, quando o tempo estava bom, serviam café e brioches a quem chegava da cidade para passear. Naquela estação do ano já não havia mesas nem cadeiras. Mas havia um banquinho de madeira em cada caramanchão. Élisa entrou no primeiro, repentinamente decidida a esperar alguns instantes.

Sentou-se na madeira úmida. Quis vestir as mangas do casaco, mas temia o frio que por um instante sentiria nos braços nus e ficou assim, com o sobretudo envolvendo-a como um cobertor, pacotinho escuro quase imperceptível na escuridão do caramanchão. O clarão de uma lâmpada incômoda infiltrava-se por entre os ramos desfolhados que projetavam uma sombra muito suave na face de Élisa.

Na distância pálida de neve via-se, suavemente encoberta de bruma, a densa massa da fábrica onde Gilles trabalhava. Os fornos nunca se apagavam, turno do dia, turno da noite, turno do domingo, e eles avermelhavam a neblina em quatro pontos. Aquelas bocas escancaradas cuspindo fogo sem trégua intrigavam Élisa quando criança.

Reviu-se menina, quando a mãe a levava para ajudá-la a entregar a roupa passada na casa dos clientes que moravam no subúrbio. Os fornos avermelhados eram para a criança o atrativo principal do trajeto. Assim que os fornos apareciam, ela se ajoelhava no banco do bonde, colava a testa na janela embaçada e fixava o olhar nas chamas que subiam vermelhas e azuis no centro de um jorro de centelhas.

Ela gostava daquelas viagens breves que fazia todas as semanas com a mãe. Na volta, depois de atravessar o centro da cidade de bonde, andavam por um bairro escuro e deserto, depois margeavam o rio. Daquele lugar, a vista se estendia até longe e vislumbrava-se na escuridão o contorno vago das colinas.

Ao anoitecer, Élisa não conseguia diferenciar as colinas suaves e cobertas de vegetação daquelas escuras e sem árvores, chamadas de montanhas de escória, até o momento em que um rio de fogo escorria misteriosamente pela encosta de uma delas, distinguindo-a das outras, das quais por alguns instantes acreditava-se que fosse irmã. Élisa lembrava-se imediatamente de uma imagem de seu livro de escola e pensava: "É como um vulcão". Fascinada, seguia o riacho incandescente e não tirava os olhos do clarão que se instalava por um instante para em seguida tornar-se mais fraco e desaparecer aos poucos.

Durante todo o tempo que o espetáculo durava, ela repetia baixinho dentro de si mesma, como uma canção estranha demais para ser compartilhada: "Estou na Itália… estou na Itália…". Distraída, já nem percebia a existência da mãe nem do cesto cheio de roupa suja cujo vime rangia entre as duas. Ela amolecia o braço e, como era muito menor do que a mãe, de repente sentia bater na barriga da perna o peso da trouxa de roupa que deslizara para a parte mais baixa do cesto.

— Segure direito! Você está com o peso todo!

Então Élisa voltava a erguer o cesto e, para mantê-lo equilibrado, ficava com a mão na altura do quadril. Era para agradar à mãe, pois aquela posição com o braço dobrado era muito mais penosa do que a carga pesando no braço esticado, até mais do que o vime esfolando sua panturrilha.

Também é verdade que, com as duas alças do cesto na mesma altura, a mãe, com a consciência tranquila, se calava, e então as perninhas nuas e vermelhas de frio voltavam a andar automaticamente pelos caminhos desertos à margem do rio. Na bruma gelada em que se recortava a grande carcaça de uma ponte ou a massa chata de uma barcaça em repouso, Élisa procurava avidamente a colina perdida que pouco antes revelara sua identidade fulgurante. Finalmente voltava a encontrá-la por cima das casas e das chaminés das fábricas, amontoado confuso em que cintilavam luzes, aquela ou alguma outra, pois agora de novo todas se pareciam. Mas a imagem do vulcão assombrara os olhos da menina o suficiente para que ela retomasse, com a canção muda e tão estranhamente imprópria, sua deliciosa inquietação: "Estou na Itália... estou na Itália...".

Deixavam a escuridão da beira do rio, andavam pelas ruas estreitas e sem rosto e entravam na luz suja das lojas do bairro. Chamado à ordem habitual das coisas. A canção e a imagem do vulcão de imitação apagavam-se diante do cotidiano. Em casa, em meio ao cheiro da roupa úmida fumegando sob o ferro, Élisa jamais voltava a pensar nelas.

Sentava-se ao lado do fogão cuja salamandra, de forma singular, sustentava uma coroa de ferros de passar. Abria um livro e estudava a lição. Com os cotovelos apoiados nos joelhos, as mãos nas têmporas, lia as frases aparentemente sem sentido que se esforçava para repetir observando um babado de tecido que em meio a um leve vapor se desamarrotava, ondulava, voltava a se preguear elegantemente, de acordo com os gestos da passadeira.

Victorine agarrava com as mãos grudentas de bebê as pilhas de roupa limpa, ou dirigia gritos raivosos à mãe, que trabalhava.

— Ah! Quieta! Dê um jeito de distraí-la, Élisa!

Então Élisa pegava Victorine no colo e a fazia saltitar em seus joelhos ao ritmo de uma quadrinha que falava de um carrossel de cavalinhos, até que, com o trote transformando-se em galope frenético, ela a lançava para trás com a brusquidão da infância sem alegria que exige inconscientemente que a irmã caçula faça as vezes de brinquedo.

— Não a chacoalhe assim! – gritava a mãe.

Então Élisa, confusa, aconchegava a pequena Victorine nos braços, a beijava, ajeitava as dobras de seu avental, arrumava seu cabelo. Quantas vezes, segurando-a assim no colo, não se empenhara, querendo-a mais bonita ainda, em amarrar uma fita em seus cabelos de bebê, curtos demais.

Pobres lembranças simplórias que se desvendavam no coração de Élisa, transformando o sofrimento em estupor. Dor permeada de desassossego. Comparado ao passado, o presente tornava-se tumultuado, chocante: as leis normais do mundo pareciam já não vigorar. Havia algo inadmissível. Élisa perdeu pé. Afinal, Gilles saíra apenas para conversar com um amigo...

O que estava fazendo sozinha naquela escuridão fria? Por um instante ofuscada pela esperança, quis levantar-se e voltar para junto das crianças. Arrependia-se agora de tê-las deixado sozinhas.

Mas não saiu do lugar. Olhava a seu redor... e de todas aquelas formas envolvidas de escuridão, daqueles clarões velados pela névoa, erguia-se de novo uma tristeza infinita.

O que importava se as meninas estivessem sozinhas! Amava com toda a carne e todo o coração, só conseguia amar assim, as duas meninas loiras, que tinham os cabelos de Gilles e os olhos de Élisa, e a criança que estava dentro dela e que sentia viver junto do seu coração. Mas aquela mãe, considerada mãe entre as mães, ama seu fruto não com carne e coração maternais. Filhos, prolongamento vivo de um amor e cujo valor está todo na emanação desse amor... Filhos provenientes do esposo e que vivem na casa do esposo.

Então mulher toda modelada em carne de esposa? Mulher predestinada à criação e à manutenção de um lar? Inquieta e entorpecida de frio, refugiada em seu abrigo de vinhas, pacotinho escuro um pouco mais escuro na escuridão que a envolve, criatura entre as outras criaturas, feita da mesma carne inquieta e dolorosa, como elas escorada pela vida, por que teria sido feita para se realizar de acordo com dados únicos?

Mas, um dia em que entrou na oficina estreita em que o pai trabalhava em meio ao cheiro de aparas de madeira nova, ela vislumbrou – acaso arriscado – um jovem alto e loiro, em pé no vão da porta. Ele segurava encostada ao peito uma enorme braçada de coronhas de fuzil recém-polidas.

— Obrigado, Gilles! E diga ao seu pai que na próxima semana você pode vir buscar mais um tanto.

E Gilles cumprimentou o homem e a moça com aquele largo sorriso comovente.

E ela o imaginou, agora, no fundo da loja dos Goblet, por trás daquela parede em que estava apoiada. Ele era bonito... Apesar de ser tão alto, robusto, parecia muito jovem, sempre com aquela expressão tão terna. Falava com os Goblet com aquele mesmo sorriso um pouco frouxo, brando, do qual todo o rosto participava. Élisa endireitou o tronco e sorriu, também ela, com orgulho amoroso. Era dela aquele homem... E ela o amava tanto que, apesar de tudo, tinha o direito de defendê-lo, de guardá-lo para ela... para ela... E nada a fazer, nenhuma outra pessoa tinha o direito... nem mesmo ele de se separar dela... Seja lá o que acontecesse, seja lá o que fosse acontecer, nada de explodir. Só vigiar, proceder com pequenos atos sutis, e manter intacto aquele amor em torno dele, ao qual ele voltaria: ela o amava, não dava para escapar a um amor como aquele...

Ficou alguns instantes assim, tronco ereto, braços apertados contra o peito debaixo do casaco entreaberto, tensa em sua obstinada altivez.

A porta da loja se abriu. Élisa ouviu Gilles pronunciar um fim de frase, a porta se fechar, os passos de Gilles continuarem subindo pelo caminho.

Novamente ela o seguiu, na sombra, alguns metros atrás.

As casas se espaçavam. Élisa margeava longas sebes escuras às quais se agarravam placas de neve. Mais uma casa: um pequeno café silencioso cujas vidraças embaçadas nada revelavam. Élisa pensou que logo o caminho atravessaria os campos... afinal, aonde Gilles podia ir por ali? Talvez só um passeio... Ele andava depressa, ela tinha dificuldade em segui-lo: na pressa não tinha trocado os sapatos desconfortáveis, cujos saltos gastos provocavam solavancos dolorosos. A neve estava derretendo e Élisa andava numa lama gelada que penetrava no couro e molhava as meias. Mas aonde ele ia? Aonde? Afinal, o tempo não estava adequado para passear no campo... Campos, à direita e à esquerda. E à frente, mas ainda longe, as luzes do povoado vizinho. Por um instante ela virou a cabeça e olhou a grande extensão branca à sua direita. Quando se voltou novamente já não viu a silhueta de Gilles. Pôs-se a correr um pouco, mas continuou não vendo nada, mais nenhuma casa, nenhuma lâmpada iluminava o caminho... e havia aqui um segundo caminho à esquerda, e outro um pouco adiante... onde estava Gilles? Sentiu-se sozinha, estava com frio, cansada. Sentar-se em qualquer lugar, sobre qualquer coisa.

À beira do caminho havia um monte de pedras: ali ela descansou. Chamar, gritar alto: "Gilles!". Mas isso ela só pensou, de sua boca saiu apenas um queixume quase inaudível. "Gilles!", e ele pararia perto dali, ouviria, viria ajudá-la a se levantar... Desceriam o caminho juntos, ele segurando-a delicadamente sob o braço, e, para se aquecerem, juntos tomariam o café que ela teria feito na hora — envolveriam a caneca com as mãos para que o calor lhes subisse lentamente pelos dedos.

Mas como era ridículo ter saído daquele jeito... sem nem se agasalhar: e no seu estado! E não tinha adiantado nada! Nada! Ah, não era fácil descobrir alguma coisa! Achamos que basta seguir e que assim, naturalmente, a luz se fará... E agora ela estava ali, sozinha, sentada num monte de pedras, cansada e transida, com um amor que pesava um pouco demais.

Descer o caminho novamente... Levantou-se, a cada passo mexia os dedos dos pés nos sapatos cheios de água, mas isso não a aquecia. As meninas estavam sozinhas... Com certeza estavam assustadas... Talvez chorando, gritando de medo... Quanto tempo fazia que as tinha deixado? Uma hora... duas horas... talvez mais! Não, certamente: esperar sozinha num jardim parece muito tempo... e subir aquele caminho no frio parece interminável. Mas, na verdade, do campo até a casa não levava mais de meia hora... Vamos, ande! E estar com os pés frios e cansada e andar assim no caminho escuro e deserto... por acaso isso importa? Isso não é nada na vida, absolutamente nada. Ela suspirou. Oh, Gilles... Dessa vez ela disse em voz baixa, mas claramente.

E assim ela atravessou os campos. Avistou o clarão da primeira casa. Fora não havia ninguém. Sim, um homem apoiado no muro, via-se o ponto luminoso do cigarro dele. Quando Élisa chegou à sua frente, ele estendeu a mão como se quisesse agarrá-la ao passar. Mas ele a olhou, interrompeu o gesto, e com um assobio de surpresa:

— Psss... parece que não perdemos nada...

Ela não disse nada, sem parar olhou-o com um largo sorriso tranquilo.

O homem a seguiu com os olhos: ela se afastava, um pouco pesada, mas seu andar era regular, seguro. Logo não a viu mais, confundida com a escuridão ao redor.

Gilles voltou às oito horas – tinha as faces vermelhas de frio, seu casaco cintilava com a neve derretida.

— Que tempo! – ele disse, sacudindo-se um pouco na soleira da porta.

— Tomou bastante ar! – disse Élisa. — Aonde você foi?

— Primeiro ao Goblet, alguns minutos... depois desci até a cidade, para ver um pouco de movimento...

— Ah!...

E na mesma hora ela se lembrou dele saindo da

padaria e andando pelo caminho dando as costas para a cidade...

— Tire os sapatos... estão encharcados... – ela pegou uns chinelos quentes de trás do fogão e lhe entregou.

— Foi na cidade que você se molhou assim?

— Não... mas só subir o caminho já é suficiente.

— Claro...

Gilles se estica, estende as pernas, mexe um pouco os pés dentro dos chinelos quentes:

— Está agradável aqui... – ele diz –, estou com fome...

— Está pronto...

Depois de comer, ele enfiou a mão no bolso, dizendo:

— Eu trouxe uma coisa para você – e estendeu para Élisa um saco de caramelos.

— Que gentil... – ela disse com voz contida, e levantou-se para beijá-lo. Ele a estreitou, um pouco pesada e subitamente entregue.

Como às vezes fazia, ele acariciou o tecido da blusa e ergueu seus belos seios com um gesto lento da mão.

Com a cabeça apoiada em seu ombro, ela não se mexia, com inesperado bem-estar.

Não dava para compreender nada... Agora ele estava doce, carinhoso, como sempre fora... Tinha pensado nela, tinha comprado caramelos para ela... Por que mentia dizendo que tinha ido à cidade? Havia alguma coisa misteriosa que ela não podia saber, mas talvez nada de ruim.

Estava tão cansada... Depois daquela caminhada rápida, tinha lavado as filhas, colocado as duas na cama; tinha feito às pressas uma série de pequenas tarefas para que tudo estivesse pronto quando Gilles voltasse.

Agora tinha vontade de não sair mais do lugar, de não pensar mais, de ficar assim, aconchegada nele, e de cair no sono no instante em que entreabrisse os lábios em seu pescoço para aqueles beijinhos molhados que ela lhe dava de tempos em tempos.

Movimento da mão de Gilles, beijos de Élisa, carícias habituais que de repente reatavam o presente com o passado terno, seguro, em que cada minuto, cada palavra, cada gesto eram benfazejos.

— Vamos dormir, Élisa, minha querida...

As mãos deslizam pelos ombros, se afastam deles. Os braços de Élisa soltaram Gilles e libertaram o encanto.

Ela tira os sapatos da pocinha d'água que formaram e os põe para secar. Ele os usara andando na lama cinzenta e gelada, ao longo dos campos cobertos de neve... Onde havia parado? Destino desconhecido. Victorine? Victorine... Gilles e Victorine...

— Então, não vai subir?

— Sim... já vou indo...

43

Na cama, ele não vira para o outro lado; deita-se aconchegado a ela e diz aquelas palavrinhas bizarras, anunciadoras, que ela bem conhece. Sente as mãos dele procurando por ela.

Diante de seu leve movimento de recuo, ele diz:

— Está com medo? Por causa do bebê? Não tem perigo, você sabe...

— Por que você não pediu nada de manhã...? Como sempre...?

— Sei lá...

De repente ele se debruça sobre ela, que tem a impressão de ver em seus olhos como que um lampejo de vingança ou uma avidez intensa demais.

Nada de constrangimento... deixá-lo voltar para você sob qualquer pretexto que seja... Nada de falso amor-próprio... Amor-próprio? Ela não o sente nem um pouquinho, é um sentimento que nada tem a ver com amor. Neste momento ele está te dando atenção, apesar de tudo... e você sabe que logo, sejam quais forem os pensamentos dele ou os seus, você é que será dona dele... "E afinal, apesar de tudo, ele pensou em mim... ele me trouxe caramelos..." E lá está ela toda enternecida; sorri para ele, na sombra rompida apenas pela lamparina noturna. Não, não pense mais nem no caminho cheio de neve, nem nos campos enigmáticos, nem nas luzes do povoado vizinho, talvez carregadas de segredo...

Que seus pensamentos deslizem furtivos por cima dessas imagens dolorosas e se detenham no momento em que ele entregou a você aquele saquinho de papel amarelo. "Ele me trouxe caramelos..." Retribua o presente multiplicado por cem... Mais, ofereça-se inteira a ele... E as mãos de Élisa deslizam por baixo do tecido, buscam, depois acariciam aquela pele nua da qual conhece os mínimos defeitos.

E ela agiu como se não tivesse nenhum peso no coração, a não ser aquela alegria dolorosa e exaustiva que todo amor comporta.

E agora? Gilles virou as costas e dorme profundamente. Ela, com aquele gosto de cinzas na garganta, olha a eterna janela lúgubre e a luz amarelada que a lamparina noturna espalha sobre as coisas. Amanhã vai ser preciso sofrer de novo... Procurar, descobrir, esperar, desesperar. E pensar incessantemente naqueles olhos estranhos, carregados de desconhecido, que brilhavam no centro dos gestos familiares. Gilles já não me ama... Como o mundo é triste...

VI

Alguns dias depois, Élisa reencontrou Victorine. Era seu dia de folga, tinha sido substituída na loja, ela dizia, e por isso pôde subir até lá para dar um bom-dia.

Ela falava com os cotovelos apoiados no balcão da cozinha. Com o rosto colorido por uma maquiagem barata, a falsa pele de raposa preta, o grande chapéu de palha, para ser usado no inverno ou no verão, ela perdia todo o frescor e toda a beleza.

Élisa olhava-a com tristeza, gostaria de dizer-lhe que dava pena vê-la com aquele ar de falsa elegância. Mas ela parecia tão orgulhosa daquelas bugigangas!

Élisa pôs-se a lavar a louça, ouvindo a falação de Victorine com a cabeça inclinada sobre a tarefa.

De repente a interrompeu:

— Veja só... domingo, num certo momento, pensei em passar em casa. Papai e mamãe com certeza não tinham saído... Você estava lá?

— Não, eu tinha ido à casa de uma amiga... Sabe, aquela que acabou de se casar. Só voltei pelas oito horas.

— Sim, eu conheço. Onde ela está morando agora?

— Ali, lá para cima... – e ela apontou o queixo na direção do povoado vizinho. – Sabe, depois da fazenda, na estrada nova... lá construíram um conjunto de casinhas... Sabe onde é?

Mais uma vez Élisa reviu os campos no escuro e, para além, o monte de luzes que de repente, em seu pensamento, se aproximou, cresceu apagando tudo o mais. E na mesma hora ela se viu na entrada do povoado, na esquina da avenida nova onde viu, apoiado no muro, Gilles esperando Victorine sair da casa da amiga.

— Eu sei... eu sei... – ela disse, e ponto para ela.

Aí está... pensei que não tivesse adiantado nada... e depois algumas luzes anódinas separando os campos esbranquiçados das lonjuras escuras se definem, se enchem de confidências e iluminam tudo...

... Longa caminhada a pé para chegar à cidade pelo outro lado, o ar está gelado, cheio de neve, é preciso andar depressa, um aconchegado ao outro... Mas é impossível parar com um tempo daqueles: Élisa dá um suspiro, não consegue impedir aquele sinal minúsculo de um grande alívio.

Levanta a cabeça para Victorine, a moça continua falando, mas Élisa na verdade não sabe o que mais ela contou.

— Onze horas! Vou embora – ela disse –, tenho de fazer umas compras.

Élisa a acompanhou até o portão do jardim.

— Não tem mais nada de neve. Os caminhos estão limpos... que sorte! – constata Victorine, olhando para os sapatinhos finos.

Na rua, ela ainda fala um pouco. Élisa apoia os braços cruzados na barra da cerca, observa Victorine: à luz do dia, suas faces parecem mais maquiadas ainda. Pobre Victorine, com aquele chapéu cuja aba grande demais ondula a cada gesto que ela faz...

Dois operários descem a rua assobiando, chegam à altura das duas mulheres; o que leva a tiracolo uma bolsa de tapeçaria lança um olhar zombeteiro para Victorine.

— Olha só... Mistinguett[1]! – ele exclama cutucando o outro com o cotovelo, e continuam o caminho assobiando.

Élisa cai na gargalhada... com a cabeça inclinada na direção dos braços, não consegue parar. Victorine faz cara de ofendida, ergue os ombros olhando para Élisa.

— Que boba... – ela diz, e vai embora.

— Espere... – diz Élisa, tentando se acalmar. — Victorine... até logo!

A outra se volta:

---

1 Nome artístico de Jeanne Bourgeois (1875-1956), célebre vedete francesa. [NOTA DESTA EDIÇÃO]

— Até logo! No domingo venho jantar... Um beijo nas crianças por mim... e lembranças para o Gilles...

— Pode deixar... – grita Élisa, e começa a rir de novo, debruçada na cerca.

Entra em casa, apoia-se meio sentada na beirada da mesa. Enxuga os olhos com uma ponta do avental. Finalmente, chega de dar risada... "Olha só... Mistinguett!" Não, ela não consegue... Continua rindo, mais baixinho, um risinho nervoso, dolorido.

VII

"No domingo venho jantar..." Ela chegou, comemos depressa: havia algumas barracas de quermesse na praça, íamos descer até lá, estava cedo, levaríamos as crianças.

Na barraca de tiro, quem acertava a bolinha que ficava dançando por cima do esguicho de água ganhava uma flor vermelha de celuloide. Gilles ganhou três. As meninas ganharam uma volta no carrossel. Victorine jogou algumas argolas: ela queria uma mascote de gesso pintado, mas não ganhou coisa alguma. Gilles comprou dois bastões de nugá: um para Élisa, um para Victorine, e um saco de filhós para todos. Faltava a barraca do fotógrafo. Élisa não quis entrar, Gilles insistiu: ela não queria ser fotografada naquele estado? Tudo bem, escolheriam um daqueles painéis de papelão engraçados... era só enfiar a cabeça no buraco... daria para ver apenas o rosto...

Ela continuava recusando. "Convenhamos... três na mesma foto não...", pensava. Além do mais estava triste, a praça estava triste... as barracas, as luzes e tudo. Ficou um pouco aliviada quando decidiram voltar para casa.

Quando encontrava um amigo, Gilles mostrava as flores:

— Ganhei! As três em seguida!

Victorine andava ao lado dele; não estava com o chapelão de tule, mas com um chapeuzinho feito de três triângulos de cetim preto com um pompom grande em cima, como um barrete de padre colocado de um jeito esquisito sobre seus cabelos meio cacheados. Ia encarapitada nos saltos altos, empertigada, apertada no casaco justo que lhe marcava as pequenas nádegas graciosas.

Ela puxou a mão de Gilles, a que segurava as flores artificiais:

— Vem... vamos ver como ficaria... – por um instante manteve a mão e as flores sobre a lapela do casaco.

— Fica bem – ele disse –, são suas...

Ela enfiou as hastes de ferro na casa do primeiro botão do casaco.

Élisa vinha um pouco atrás, de barriga para a frente, braços para trás, arrastando uma das meninas em cada mão.

Fazia menos frio nos últimos dias. A rua se enchia de gente e luzes. As pessoas estavam alegres, havia apenas quatro ou cinco barracas, mas era o suficiente para dar uma ideia de quermesse, dava vontade de se divertir. As pessoas compravam um pouco mais de embutidos e passavam na padaria para pegar uma torta. Paravam nos cafés, os realejos tocavam, havia quem dançasse um pouco. Faziam brincadeiras, querendo pegar, do saquinho de quem estava ao lado, um filhó salpicado de açúcar ou uma batata frita dourada e comprida. Quem permanecia perto das barracas achava que os que se afastavam da praça estavam deixando a festa, mas ela continuava subindo lentamente com eles, por toda a rua.

Ao chegar diante do portão de casa, Gilles disse:
— E se continuássemos? Também poderíamos tomar alguma coisa... mais lá para cima. Não é tarde...

Élisa teria preferido entrar em casa, além do mais estava passando da hora de pôr as meninas na cama, no entanto ela aceitou imediatamente.

Lá também estavam dançando. Élisa sentou-se no banco do fundo, entre as duas crianças. Gilles e Victorine sentaram-se de frente para Élisa.

Fazia algum tempo que Élisa se nauseava com a cerveja servida nos bares, mais amarga que a cerveja caseira. Mas não era de surpreender. E, quando se sabe a causa do mal-estar, não vale a pena mencionar, toma-se a cerveja mesmo assim.

Gilles e Victorine levantaram-se para dançar. Élisa não perdia um só gesto deles: volteavam diante dela como os outros, mas, de todos aqueles homens altos e bonitos que dançavam, mais uma vez Gilles era o mais bonito.

Na mesa ao lado havia um colega de fábrica de Gilles:

— Então, Élisa, e a saúde? – ele perguntou.
— Tudo bem. E você, quais as novidades?
— Ah, já decidimos, vamos para o estrangeiro... Gilles também poderia ir, um bom trabalhador como ele, é pena...

Sim, ele fora um dos primeiros a receber a proposta.

Élisa lembrava. Um dia ele voltara da fábrica com a notícia: havia uma fábrica que ia mal... longe, muito longe, Élisa não sabia ao certo onde era, mais distante do que o fim da França, para além da fronteira italiana. Estavam precisando de operários daqui, os melhores, pelo visto, para trabalhar com ferro. Havia um acordo entre a fábrica daqui e a de lá: por contrato, o operário ia para lá por alguns anos, depois voltava, enriquecido, e ainda por cima retomava o emprego aqui...

À medida que Gilles explicava, o entusiasmo de Élisa crescia. Havia um bairro construído especialmente para os operários, uma casinha bonita, muito clara, ficariam morando lá sem pagar nada, e cada um teria seu jardim... E, depois, que clima! Sempre havia sol, tanto no inverno como no verão. Frutas... uva a 1 franco o quilo, e flores aos montes.

— Mimosas plantadas direto na terra? – perguntara Élisa.

— Pois é, talvez... Por que não...? – ele acrescentava, rindo. Certamente, era preciso trabalhar duro, e alguns diziam que com aquele calor... mas trabalho nunca matou ninguém, Gilles afirmava, mesmo debaixo de sol! Ele acrescentava isso, rindo. E depois... com a palma das mãos debaixo das axilas ele martelava o torso com os dedos... trata-se de mostrar lá a nossa ciência de operários do Norte! E falaram do assunto por muito tempo ainda. Veriam isso... Ele faria aquilo... Estavam exultantes. Élisa pusera as mãos nos ombros de Gilles arrastando-o para dançar uns passos de valsa, dois ou três rodopios de alegria, batendo nos móveis, pois a cozinha era pequena. Ofegantes, um pouco mais calmos, sentaram-se, cada um de um lado da mesa, sem dizer nada, imaginando todos os tipos de coisa. De repente Gilles dissera:

— E os pombos? Ora... talvez eu possa levar o mais velho, aquele ruço...

— Mas ele não voa mais! Já não ganha nenhum prêmio!

— É meu preferido – ele respondera baixinho, coçando um pouco o queixo.

De manhã ele tivera de se apressar e não falaram mais nada. Gilles saíra e Élisa sentira-se um pouco estranha, com a impressão de um sonho estranho, inconsistente. Olhava os móveis, os azulejos do piso, o jardim. As fumaças dos altos-fornos saíam em grandes torvelinhos amarelados, estagnavam um pouco mais no alto, depois, perdendo a força, espalhavam-se em volta, quase invisíveis, turvando o ar com *grisailles* e cheiros; as árvores não cresciam bem: naquele verão, uma das ameixeiras não dera folhas, no fundo do jardim a árvore estendia seus galhos escuros, mortos por envenenamento. Um sol opaco aureolava suavemente as cores cinzentas, amarelas, arroxeadas da terra inóspita. Élisa olhava sua casa, seu jardim, seu sol, com lágrimas que afloravam e paravam nas bordas dos cílios.

Gilles voltou, sem dizer nada. Foi Élisa que perguntou:

— Você respondeu para... como se chama? Enfim... para o estrangeiro?

— Não, as coisas não se decidem assim... eu disse que precisava pensar. Porque, afinal... – Ele passava a mão no rosto, remexia um pouco os cabelos. — E você, pensou de novo em tudo isso? – E de repente ele a tinha encarado, oferecendo-lhe os olhos claros impregnados de uma opinião definida. Ela compreendera na mesma hora, precipitara-se para ele, trêmula de alegria:

— Gilles, você também não está com vontade de ir! Nós não vamos! Não é? Vamos ficar aqui!

Depois foram para a janela e por um momento ficaram assim, ombro a ombro, diante da janela escancarada para o ar venenoso: cada um, numa só olhada ao redor, percorrera aquelas paragens que quase tinham perdido.

Sim, Élisa lembrava-se de tudo aquilo... E, agora, estava bem arranjada... Sentada naquele café, via Gilles e Victorine dançarem ao som de uma música átona, mecânica...

E, se de novo propusessem a Gilles ir embora (talvez já o tivessem feito), ele já nem falaria no assunto. E, no entanto, agora o que lhe importava tudo o que o detivera naquela época?

Ela tomava a cerveja em golinhos sucessivos, para terminar mais depressa; respondia distraidamente ao homem que lhe falava, seguindo os dançarinos com os olhos.

Eles voltaram à mesa, iam descansar um instante. Victorine estava com um pouco de calor. Dois pequenos círculos de umidade marcavam a seda azul-clara do vestido, um sob cada braço, o tecido estava um pouco amarrotado no ombro, onde Gilles apoiara a mão; estava com o rosto rosado, os cabelos levemente despenteados, ficava bem para ela... estava bonita.

O colega que iria embora tinha aproximado a cadeira da mesa deles, todos falavam mais ou menos ao mesmo tempo.

A música recomeçou. Gilles fez menção de se levantar para dançar de novo, quando um dos rapazes que estavam ali se aproximou da moça e, com um sorriso divertido:

— Desta vez é comigo, Victorine... – ele disse.

Ela se levantou, Gilles pareceu aborrecido, deslocou um pouco a cadeira, sentou-se de lado, para vê-los melhor.

Moviam-se com uma espécie de languidez, com os corpos grudados dos ombros aos joelhos e, quando o homem falava, seu queixo tocava na bochecha de Victorine. Eram os únicos que dançavam assim, ali de fato não havia esse hábito.

Élisa notara-o na mesma hora. Entretanto já não olhava para eles, mas para Gilles. Estava ali, parecendo aniquilado, nos olhos pesava-lhe uma irritação confusa, com a alegria repentinamente arruinada. Élisa não perdia nenhuma mudança da fisionomia dele: agora sua boca tremia um pouco... seus maxilares se crispavam de nervosismo. "Ele a ama...", pensou. "Como ele a ama!"

Temeu que aquele nervosismo se transformasse em raiva. Para distraí-lo, falou com ele. Gilles mal respondeu, nem virou o rosto. Ele ia se zangar... O que ela podia fazer? Meu Deus, sim... ele ia se zangar... E aconteceu bem no momento em que ela esperava, tanto que o pequeno sobressalto de Élisa, feito um gesto que assumimos interiormente sem executar, coincidiu exatamente com o movimento de Gilles, que se levantou num ímpeto. Pela quinta vez Victorine passava diante dele, e ele lançou com voz furiosa, que todo mundo ouviu:

— Não dá para você dançar como convém?

Victorine não tivera tempo de responder e seu parceiro já retrucava:

— Qual é, está defendendo a virtude da família? Meta-se com o que é da sua conta!

O rapaz dissera isso meio zangado, meio divertido, sem saber como interpretar a advertência de Gilles, e dispunha-se a continuar a dança, sempre enlaçando Victorine. Mas Gilles se precipitou, afastou a moça bruscamente e deu um soco no rosto do homem:

— Vou fazer você fechar essa boca, vou mesmo!

O outro lhe retribuiu o soco, imediatamente separaram os dois homens, como era de prever, exortando-os a ter calma, mas Gilles se soltou, dizendo que aquilo não era da conta de ninguém, que o problema era entre ele e aquele grosseirão...

Élisa ficara sentada, pálida, segurando cada filha com uma mão, para que elas não se assustassem. Então se levantou, recuou um pouco a mesa para conseguir passar.

— Gilles, por favor, venha se sentar...

Ele a encarou com olhos de bêbado, como se perguntasse o que estava fazendo ali, mas foram apenas alguns segundos: docilmente, ele a seguiu até a mesa.

Cada um voltou a seu lugar; o dono do café se aproximara, batia amistosamente no ombro de Gilles:

— Está melhor, meu velho? O que foi que te deu? Agora deu de impedir que os jovens se divirtam? Pobre Victorine, vou eu dançar com ela, hein, velho Gilles?

Mas ele nem ouvia; parecia muito magoado... olhava com olhos úmidos a mão de Victorine, apoiada na mesa.

"Ele está mesmo perdendo a cabeça...", pensou Élisa, e ao mesmo tempo disse:

— Não... vamos para casa... é melhor... Pague, Gilles...

Lá fora, em tom queixoso, Gilles repreendia Victorine.

— ...Ninguém estava dançando daquele jeito... Ninguém!

— Mas só quero saber o que eu estava fazendo de errado!

A voz de Gilles tornava-se mais nervosa:

— Você nunca quer entender... Você sempre tem de...

De fato, briga de namorados. Élisa sentia-se sobrando.

Tinham chegado em frente à casa. Élisa empurrou o portão, desceu alguns degraus.

— Vou levá-la para casa... é melhor... — Gilles gritou, e já foi se afastando com Victorine.

Élisa não esperava por aquilo... achou que ficariam com ela... Ficou sem voz. Aprumou-se, voltou a subir os degraus.

As crianças a puxavam pelos braços:

— Mamã-ãe... vamos entrar.

— Sim... vamos entrar.

E ela ficou ali, diante do portão, com aquele peso em cada mão, a boca crispada, os olhos espreitando a escuridão em que já não dava para vê-los. "Briga de namorados... sabe-se como isso termina..."

As crianças estão dormindo, está tudo em ordem, Gilles ainda não voltou...

Ela espera, sentada na cozinha; os joelhos afastados por causa da forma do ventre criam um vazio no tecido da saia, e naquele colo grande ela pousou as mãos desamparadas.

"Sim, já decidimos... vamos para o estrangeiro...

ele também poderia ir." E agora é tarde demais...
E agora ela está ali na cozinha, esperando Gilles...
Estar longe... Estar aqui...

Ah, poder ver nascer outros acontecimentos, diferentes destes de agora! Mudar de lugar no mundo! Ir de um país escuro onde Victorine vivia para uma terra cheia de reflexos do sol! Teria sido possível conhecer outra gente! Outras terras... Outras pessoas... outros acontecimentos... outros mundos? Terras avermelhadas e pantanosas, campos dourados, pobres ou cobertos de neve. Colinas suaves e verdejantes, montanhas áridas e azuladas. Florestas virgens dos livros de geografia e matas onde se colhem lírios-do-vale nos domingos de junho. Pomares de macieiras e campos de oliveiras. Operários altos, loiros e taciturnos como Gilles, outros mais baixinhos, morenos, animados. Aqui Victorine, em outros lugares mocinhas loiras ou morenas, Berthe, Edmée ou Marie... Ir de um mundo para outro... É isso o mundo? Não será, antes, uma coisa minúscula, invisível, confusa, refugiada no fundo de nós mesmos e que sempre levamos conosco...? Estar longe... estar aqui... não é, Élisa?

Talvez ela não pense com essas palavras, entretanto é exatamente isso que expressa com aqueles longos suspiros profundos, aquela imobilidade carregada, aqueles olhos pesados que se fixam num dos botões de estanho do fogão. Cada um tem sua maneira de pensar.

VIII

O fim de janeiro, neste ano, está ameno, é de acreditar que o inverno já tenha acabado.

Mas fevereiro termina com um frio terrível, seco, sem neve nem chuva. A terra do jardim está tão dura que ecoa sob os passos de Élisa e racha um pouco perto da placa de gelo que se estende ao longo do muro, debaixo da torneira que não está fechando bem. Depois começa a chover, intensamente, quase sem interrupção, durante vários dias.

E de repente, de um dia para o outro, o sol se põe a brilhar por alguns momentos, rompendo a chuva com grandes reflexos molhados. Certamente é um tempo esquisito, não se sabe o que esperar... O sol se abre devagarinho sobre o jardim, como um leque, então da terra molhada sobem intensas lufadas de primavera. Mas as nuvens se aglomeram, o feixe de sol volta a se fechar, sim, está frio... ainda é inverno. Porém um quarto de hora depois novamente é primavera, e os anúncios de alegria e de amor que se elevam da terra ferem Élisa.

E há aquela longa sucessão de dias em que ela espera ansiosa os retornos de Gilles, em que espreita os menores gestos de ternura que ele lhe dirige, em que fica sabendo que não foi visto no lugar ao qual diz ter ido.

E há aquelas noites todas iguais em que Élisa permanece acordada de dor diante de Gilles adormecido. Estende as mãos para ele, toca-o de leve, aproxima o rosto devagarinho para não o acordar: como uma gata farejadora descobre naquele corpo um cheiro estranho.

E há aquele dia em que, descendo do quarto, ela vê no piso da cozinha suas sombras desunirem-se bruscamente.

E, naquele domingo em que Gilles sai antes para assistir a uma reunião dos companheiros da fábrica, ela deve encontrá-lo mais tarde na casa dos pais: quando chega, ele já está lá, os pais saíram, o vestido de Victorine está estranhamente amarrotado, Gilles com aquela expressão particular que Élisa bem conhece e que pela primeira vez lhe causa um pouco de repugnância.

E aquele outro dia em que ele voltou com um leve hematoma no lábio cuja marca permanecerá no coração de Élisa por muito mais tempo do que no lábio de Gilles.

Às vezes Élisa se pergunta se não deveria falar francamente com Gilles ou com Victorine, interferir brutalmente. Mas ela conhece Gilles... talvez ele fosse embora... sente-o tão dominado a ponto de ser capaz de deixá-la para ir viver com Victorine. Mesmo que agora tudo esteja ameaçado, os vínculos se mantêm... nada está irremediavelmente rompido... Ele mora com ela, dorme ao lado dela... ela o beija quando ele chega, prepara sua comida, fala com ele... ele está ali, ainda é dela. O drama permanecendo secreto, ela terá a possibilidade de reconstruir tudo... Ah! A esperança que a ajuda a viver, a lutar sozinha e sem fraquejar! A fé que tem no seu amor! Que nunca deixou de levantá-la como uma onda quando ouve Gilles descer os degraus da escada de concreto...

Agora está se tornando cada vez mais pesada; depois que faz o trabalho de casa durante o dia todo, suas pernas inchadas já não têm força para andar. Os membros pesados, o corpo abatido, deformado, impedem a tarefa que ela atribuiu a si mesma... Tem vergonha daquela fraqueza... Mas logo estará de novo alerta, magra, bonita... Seu parto lhe aparece como uma nova esperança que ela aguarda com paciência, encolhida, um pouco sonolenta, arrastando o corpo ancilosado e a dor estagnante.

Finalmente ela deu à luz, o parto foi longo, difícil. Mas sentir dor, a dor que abre as pernas como se o corpo fosse se rasgar em dois, isso não é nada para uma mulher como Élisa; ela sabe que esse sofrimento vai durar apenas algumas horas: surge, para, volta à carga, aumenta, e de repente desaparece para não mais voltar.

Um pouco mais tarde, porém, o corpo liberto, o rosto pálido um pouco mais pálido ainda, está deitada na cama, mais uma criança entre os braços, e é então que a tortura começa.

Todos os fins de tarde Victorine vem fazer o serviço da casa, preparar a refeição de Gilles. Os dois ficam embaixo, na cozinha. Élisa ouve-os conversar, mexer em objetos, Victorine lida com os pratos...

Agora Élisa não ouve mais nada, com a cabeça um pouco erguida, permanece imóvel, tensa de aflição... seu coração bate tão forte que a repercussão nas têmporas quebra o silêncio... finalmente, recomeça o barulho... ela deixa cair a cabeça; a testa, as mãos estão cobertas de suor, ainda ofega duas ou três vezes, depois acaba se acalmando e novamente ouve o ruído das palavras, dos passos. E mais tarde volta um silêncio... longo, interminável... os segundos se desfiam no coração de Élisa... Esse silêncio que não acaba...? Mais uma vez seu corpo está molhado, como se de repente a febre de súbito a envolvesse. Lentamente solta o braço que segurava o bebê, com as mãos úmidas remexe nervosa a beirada das cobertas... "Gilles!", ela gritou... saiu sem querer de seu coração angustiado.

Ele sobe.

— O que foi, Élisa?

— Um pouco de água... estou com muito calor...

Ela o observa: sua fisionomia está normal, chegou ao quarto ainda mastigando um pouco de comida... Estavam comendo... comendo em silêncio, só isso.

Ela bebe, estende-se novamente na cama, extenuada; fecha um pouco os olhos, volta a abri-los:

— Então vá continuar a comer... – ela diz quase baixinho, com a voz doce e afável.

De manhã, é a mãe de Élisa que vem cuidar da casa. Ela sobe ao quarto com frequência:

— Não está precisando de nada, minha filha?

— Não, mãe...

Élisa a observa lidando com o cômodo, arruma as coisas, dobra os lençóis, faz a higiene do bebê. Fala pouco: não é preciso falar muito se pelos olhinhos apertados e alegres ela mostra a felicidade de ter mais um neto e o prazer de ajudar a filha.

A mãe de Élisa, única mulher do mundo a quem ela poderia se confidenciar, pedir apoio e consolo... E mais uma vez essa ajuda lhe é recusada... Assim como durante aquela noite de descoberta compreendeu que nenhuma ajuda lhe poderia vir de Gilles, ela compreende agora que nenhuma confissão poderia ser feita à mãe de Victorine...

— Ora... acabou o amido para o bebê... vou pedir a Victorine que traga à noite e também mandarei por ela umas laranjas para você.

— Tudo bem, mamãe... ótimo...

E a velha, olhando para Élisa, vê em seu rosto um largo sorriso de jovem mãe feliz.

IX

Teria sido normal Élisa ainda ficar alguns dias deitada, mas, desde que se consegue ficar em pé, por que perder tempo na cama...? E naquela tarde ela se sentia mais forte. Gilles estava deitado no quarto ao lado, na cama das meninas: naquela semana, estava trabalhando à noite. A mãe tinha ido embora fazia tempo, Victorine só chegaria mais tarde, ninguém impediria Élisa de se levantar, e hoje seria ela quem prepararia o jantar de Gilles. Deslizou devagarinho para fora da cama, pôs uma roupa, na hora não calçou sapatos temendo que o barulho de seus passos acordasse Gilles.

Tirou o bebê do berço, colocou-o na cama. O cesto de vime era leve, desceu com ele para a cozinha, ajeitou-o sobre duas cadeiras próximas e voltou a subir para buscar o filho. Dessa vez, ao pousar o pé no primeiro degrau da escada, sentiu uma leve fraqueza. Decerto era por causa do peso vivo que agora ela carregava. Receosa, desceu devagar, apoiando-se na parede com a mão livre.

Poderia enfim ocupar-se novamente de tudo: estava farta daquelas mãos estranhas cuidando da sua casa... Encostou uma cadeira na parede, seu lugar de costume, deslocou um pouco a mesa para que ficasse bem no centro da cozinha, abriu a porta que dava para o cômodo ao lado: contemplou por um instante os móveis de madeira encerada, as mamadeiras, o abajur de seda cor de laranja. Era um cômodo em que raramente se entrava, mas Élisa o arrumava com amor, todas as semanas encerava os móveis, lavava as vidraças, esfregava o assoalho e era muito agradável pensar que se tinha ali um cômodo sempre limpo, um pouco mais luxuoso que os outros: quando um amigo chegava de improviso, podia-se dizer sem receio: "Entre na sala da frente"; aliás, à direita da janela havia uma porta que dava diretamente para a rua e podia-se entrar sem passar pela cozinha. Hoje os móveis estavam meio empoeirados, Élisa cuidaria disso amanhã... Voltou a fechar a porta, foi sentar-se por um instante ao lado do berço; depois daquele primeiro esforço, sentia-se um pouco cansada, era preciso readaptar-se devagar, sentar-se um pouco entre uma tarefa e outra... mas em alguns minutos estaria se sentindo forte novamente. Olhou para o filho. "Gillou, Gillou...", dizia Gilles quando se debruçava sobre o bebê; pensando nisso Élisa sentiu um pouco de alegria no coração: ele não deixara de amar as meninas e sorria ternamente para o filho. Era um presságio feliz, ainda havia bondade nele, nada estava perdido...

— Gillou – ela disse também para a criança adormecida, depois se levantou para preparar o jantar.

— Como assim... você se levantou? – era Victorine que entrava. — Ora, por essa eu não esperava...

— Senti que tinha força suficiente... não posso ficar deitada para sempre...

Victorine trazia as gêmeas, fazia alguns dias que estavam indo para a escola maternal.

— Amanhã – disse Élisa – vocês vão sair da escola na mesma hora que os outros, assim poderão voltar enquanto ainda estiver bem claro... e Victorine não vai precisar mais se incomodar... agora já estou bem...

— Então hoje não preciso preparar nada? – perguntou a moça.

— Não... já pus a sopa no fogo... Sabe, se você tiver alguma coisa para fazer em casa, pode ir...

Mas ela estava com tempo, dizia, de todo modo ia ficar um pouco... o bolso de seu vestido tinha descosturado, ia aproveitar para consertá-lo... Pediu linha e agulha.

— Tem de costurar isso à máquina – disse Élisa –, é mais rápido... e fica mais firme... deixe que eu faço...

— Mas você vai se cansar...

— Imagine! Pode me dar...

Victorine tirou o vestido... e assim, de combinação de seda artificial azul-clara, ela esboçou um passo de dança e disse às meninas:

— Vamos brincar de estátua?

Ela dava duas ou três piruetas, parava de repente e ficava alguns instantes imóvel numa pose engraçada.

Élisa via os ombros nus, os seios altos e redondos marcando de cor-de-rosa a renda larga, as coxas longas e magras desenhando-se sob o tecido. Baixou a cabeça e, intensamente abalada, fez o tecido correr sob a agulha da máquina. Falar com ela? Fazê-la entender que está destruindo uma das mais belas felicidades do mundo? Acaso não sabe que tudo poderia depender dela? "Você é mulher, Victorine, mulher como eu, e diante do desejo de um homem poderia escolher entre todas as atitudes de mulher..." Falar com ela! E então ela levantaria seu estranho olhar pontiagudo e diria: "Eu? Mas o que foi que eu fiz?".

Pois Victorine é desses seres que não têm consciência de seus atos. Passeia pela vida com sua vida irresponsável. Um dia, porque Gilles estava ali, talvez porque estivesse fazendo muito calor, sua carne teve vontade daquele homem, ela o tomou, e então? Então para Victorine não há mais nada, para por aí, depois seria compreender o sentido das coisas, o sentido da vida, e a vida não atinge Victorine, jamais lhe marcará nem o sorriso nem os olhos, que por muito tempo continuarão sendo jovens, claros, inocentes. Malfeitores inconscientes: os mais perigosos criminosos.

Diante de um ser como aquele, Élisa sente-se

estranhamente vulnerável: por onde poderia tocar Victorine?

À moça não falta inteligência: Élisa lembra que na escola estava entre as primeiras da classe (que outro critério poderia buscar...). Victorine tem senso de justiça: há gente pobre, há gente rica, é injusto. Senso que Élisa, aliás, não tem; quando Gilles lhe fala das reivindicações dos companheiros do sindicato, ela pergunta:

— Por que vocês estão pedindo isso?

— Porque é justo – Gilles responde.

Então ela joga a cabeça um pouco para trás, dá risada.

— O que quer dizer "justo"? – diz.

Mas, no caso que a preocupa agora, sente que não é uma questão de justiça ou injustiça... o fato de Victorine lhe ter tirado Gilles, o fato de Victorine cometer o mal, ela até admite compreender, porém o que lhe parece monstruoso, inexplicável, é o ar angelical que a jovem mantém. Falta alguma coisa a Victorine... algo que, em pleno centro do mal, parece fraco, maltratado, ferido... Algo derrotado, talvez, mas que ainda existe, e que, enfim, é possível detectar no fundo dos olhos, em cada gesto. E subitamente Élisa diz a si mesma: "Decerto ela não tem coração e por isso a vida não lhe deixa marcas...".

E talvez Élisa tenha razão. O fato de fazer o mal, ela lhe perdoaria... mas como desejaria nesse instante ver nela uma fisionomia criminosa! Mas não, lá está ela, esbelta, viçosa, pura... corcoveando sua bela carne indecente, imobilizando-se numa pose cômica, inocentemente, diante das crianças às gargalhadas.

O vestido está sobre o tampo da máquina de costura. Mas Victorine não parece ter pressa, continuou a brincadeira. Élisa pega o vestido, lança-o bruscamente para Victorine.

— Agora vista-se! — diz, com algo desagradável na voz, pois ela, sim, tem coração, sabe que é capaz de fazer o mal e reconhece o sentimento de ódio que acaba de alterá-la subitamente, a vontade de bater em Victorine, talvez até de lhe apertar a garganta, de sufocar aquela vida sem fundamento, aquela vida artificial. Mas ela também conhece o amor, amou Victorine... e de repente se ergue em seus pensamentos a imagem de uma menininha desastrada que era preciso afastar das pilhas de roupa limpa. Ela ainda ama Victorine.

Senta-se um pouco afastada, com os olhos voltados para a janela onde, no escuro, quase não se distingue o jardim; só sente uma intensa vontade de chorar.

— Vá para casa... — ela diz —, não tem mais em que me ajudar, mamãe talvez esteja precisando de você.

— Eu tenho tempo, garanto, vou esperar Gilles acordar...

— Vá para casa, Victorine... De manhã mamãe estava muito cansada, vá ajudá-la... quero que você vá para casa.

Sua voz é firme. Lentamente Victorine põe o chapéu, o casaco, está com uma expressão estranha, hesita, não se resolve a se despedir.

— Mamãe vai ficar preocupada... prometi que você voltaria cedo... ainda estou um pouco fraca... não me irrite... vá para casa, estou dizendo.

— Tudo bem... eu vou, eu vou...

Ela se despede, ergue os ombros.

— Que diferença faria se eu voltasse para casa meia hora depois...

X

Durante a semana seguinte, Gilles mudou: de taciturno transformou-se em irascível. Chegava em casa quase sempre atrasado, mal roçava os lábios na testa de Élisa, que, tal como no primeiro dia, esperava imóvel e enternecida. Ele colocava no parapeito da janela seu cantil esmaltado de azul e:

— Foi-se mais um dia! Dia maldito... – dizia.

A testa enrugava, ele estava perdendo aquele belo porte ereto e forte do operário robusto. Por mais que Élisa fosse amorosa, cheia de atenções, nenhum sorriso clareava aquela boca sem viço, nenhum olhar terno naqueles olhos pesados. Dava suspiros que denunciavam mais irritação do que dor, ou pelo menos um desgosto submerso em raiva.

Entretanto Élisa novamente se tornara ativa, trabalhadora, satisfazendo aos menores desejos de Gilles antes que ele os manifestasse. Conseguira recuperar uma fisionomia jovem e alegre. Tentava oferecer ora uma doce ternura, ora um amor discreto, apagado. E agora estava bonita: da letargia física das últimas semanas, conservava apenas seios um pouco pesados, cheios de leite, mas que combinavam bem com a carne farta e bela, com o amplo corpo caloroso que se aventurava a se aninhar suave e terno no peito de Gilles, esperando o aconchego daqueles braços que, agora, nunca mais se fechavam.

Na quinta-feira, as crianças não iam à escola. Élisa aproveitaria aquela tarde para fazer algumas compras nas redondezas:

— Não toquem no bebê — recomendou —, deixem que ele durma sossegado... volto logo...

Pegou a sacola de compras, abriu a porta. Fora estava aquela primeira mornidão suave de algumas tardes de fim de março. Élisa parou um pouco, olhou para a terra: era tempo de se ocupar do jardim. Nos outros anos, nessa época, depois que Gilles chegava eles desciam juntos até o jardim, e na escuridão que caía mostravam um ao outro os brotos nas árvores, resolviam semear aqui um canteiro de alfaces, ali um outro de rabanetes, verificavam as condições do pequeno gramado reservado para as crianças. "O pedaço de grama", dizia Gilles: "Vai ser preciso jogar um punhado de sementes no pedaço de grama... está meio ralo".

E este ano... Talvez Gilles cavasse, capinasse, semeasse de novo. Mas, desta vez, que sentido poderia ter para Élisa a macieira florida ou as minúsculas folhas verde-claras despontando na terra... Ela se vê, ajoelhada na vereda, cabeça inclinada para o chão:

— Isso que está brotando aqui, Gilles, são as cenouras ou os rabanetes?

— Adivinha... se errar, ai de você...

Ela errava, de propósito, para que Gilles zombasse e, rindo, erguesse o regador de repente e esguichasse nela um jato de gotinhas frias. Ela saía correndo, ele a alcançava, a beijava.

— Gilles! Aqui no jardim!

— E daí? Você é minha mulher, não é?

E a beijava mais ainda.

Agora, lembrando-se disso, ela meneia a cabeça, de um lado para outro, e diz queixosa:

— Meu Deus... Meu Deus...

Passam as semanas... nada muda, e ela tinha depositado tanta esperança no parto... Decepção que enfraquece um pouco a coragem da grande Élisa: ao redor, hoje, tudo parece tão sombrio, estranho a seu sofrimento. Que alguém a ouça e saiba o que lhe pesa assim no coração! Que alguém a aconselhe e a console! Mas com quem falar? Nem com a mãe, nem com a irmã, nem com o marido... E diz a si mesma que, durante a quinzena anterior à Páscoa, na igreja, conforme o costume...

E ela entra em casa para pôr o chapéu e avisar às crianças que vai sair por uma hora.

Na praça, as portas da igreja estão escancaradas. Crianças entram, em fila; os meninos, com gesto grave, descobrem a cabeça raspada. Outras saem: acotovelam-se sob o pórtico em torno da pia de água benta, benzem-se com gestos rápidos, despencam pelos degraus, felizes por estarem novamente ao ar livre. Velhas senhoras têm sempre a mesma aparência, quer estejam entrando ou saindo.

Com estranho pudor, Élisa hesita: depositar esse segredo aqui, bem no centro do povoado... Essa chaga surgida no seio do casal, no seio da família, enfim revelá-la, expressá-la pela primeira vez entre as paredes aonde as crianças vêm todos os domingos... Abrir o coração no próprio lugar em que Gilles e Élisa se casaram... Não, ela prefere seguir caminho. Irá um pouco mais longe, à igreja da outra comuna.

Élisa colocou sua sacola de compras no genuflexório, ajoelhou-se, juntou as mãos. Há algumas mulheres que chegaram antes dela: fica assim, esperando. Élisa nunca soube rezar, depois de pouquíssimos instantes vê-se, distraída, sem saber o que fazer, pensou em várias pequenas coisas que se infiltraram entre as palavras, interromperam seu fio, tomaram lugar subitamente, sem ela perceber. E, quando concentra a atenção, desfia as orações no rosário ou nos dedos, se esforça para abrir espaço no espírito para as palavras que pronuncia, tem a impressão de se entregar a um trabalho absorvente que não a satisfaz. Élisa só é capaz de um recolhimento; ela pensa: "Deus" ou "Jesus" e então, devagarinho, abre-se em seu espírito a imagem de um grande poder, confuso e radiante, que ela ama durante vários minutos, sem gestos e sem palavras.

Mas hoje a igreja está cheia de gente e de ruídos. Um homem leva uma escada, do crucifixo ao Sagrado Coração, e cobre as imagens de lilases. Deslocam-se cadeiras ao lado de Élisa. Bem perto dela erguem-se e respondem-se mutuamente os sussurros dos fiéis e do padre. Inclinando-se um pouco, ela conseguiria ouvir os pecados dos outros...

Com as mãos separadas na borda do genuflexório, a cabeça erguida, olha ao redor: Santa Genoveva, ereta sobre o pedestal de veludo vermelho, com os longos cabelos derramados. É invocada nas dores de garganta e doenças de perda de vigor... Santa Margarida, virgem suave com a cabeça cheia de pedrarias. Protege as parturientes... Santo Antônio, com a túnica de burel e a dupla auréola, a dos cabelos e a do aro de ouro. Ajuda a encontrar os objetos perdidos... São Roque, com os olhos voltados para seu cão deitado; uma das mãos ergue a aba da túnica, a outra aponta com o dedo o grande ferimento no joelho descoberto. Ele cura mordidas de cães raivosos... São Cristóvão, com um pé à frente, o cajado na mão e a criança sentada em seu ombro. As pessoas o invocam para terem uma boa viagem...

E quanto à sua dor, para quem deve se voltar?

Ao fundo da igreja, um estreito pedestal de madeira apoia, sem flor e sem vela, a pequena estátua de um santo cujo nome Élisa não sabe.

Corpo esguio de adolescente, de gesso nacarado, diante de uma árvore marrom com três galhos desfolhados. Tem os braços levantados, os pulsos unidos acima da cabeça, os pés mal tocam o chão, e tão imaterial parece sua suave carne despida que, não fossem os laços que lhe amarram os pulsos e os tornozelos, seria de acreditar que ele pairasse acima do chão, numa pose graciosa. Com o belo rosto resignado, os olhos inundados de tristeza, deve conhecer todas as dores e todos os amores... Dores internas que o impregnam de tal modo que suporta quase sem sofrimento, e mais como um ornamento, as treze flechas que lhe perfuram os ombros, os flancos, a curva dos braços, os pulsos... elas o penetram sem que a carne se dilacere nem sangre, elas não o ferem, elas lhe causam melancolia.

Seja porque aquela dor inominável poderia ser confundida com a sua, seja pela comoção de sua carne apaixonada e abstinente, Élisa observa subjugada o pequeno mártir, anônimo para ela, e parece-lhe que a jovem garganta de gesso cor-de-rosa incha e palpita como um pombo ferido.

Mas chegou sua vez, ela vai se ajoelhar por trás da cortina verde.

Élisa dirige-se novamente para o genuflexório, recua um pouco a sacola que deixara ali, volta a se ajoelhar. "Para sua penitência, deverá rezar dez terços." Para sua penitência...? Que seja, pensará depois. Mas outras palavras já se intercalam; as frases do padre ecoam em sua mente, como fracassos. "Diante das provações que Deus nos envia, evite revoltar-se contra o Senhor... os desígnios de Deus... Sua alma... E, por ter sofrido, mais tarde você..."

Como se ela tivesse pensado em se revoltar... e o que lhe importam a salvação de sua alma e o espetáculo de sua vida futura! O que ela esperava era uma ajuda para reconstruir sua vida terrena... que a tranquilizassem dizendo que agira bem até agora e que deveria continuar nesse caminho... que lhe dessem conselhos para trazer Gilles de volta e poder enfim recriar a vida...

Com os olhos mais uma vez voltados para o adolescente cheio de flechas, que suavemente se enche de sombras, Élisa dá um longo suspiro, erguendo bastante seus belos seios pesados. E o suspiro exalado por sua carne apaixonada, por seu coração carregado demais de amor e de vida, nada tem de resignado.

Sim... continuar suportando, e sem revolta, a indiferença de Gilles, mas com a esperança de que ele volte para ela. E não estará se enganando tendo fé apenas em seu amor? Será que deveria agir de modo diferente? É isso que ela precisaria saber, é isso que não lhe disseram. E novamente se sente só, desamparada.

Com gestos um pouco apáticos, enfia o rosário na carteira, desliza entre as cadeiras, sai da igreja.

Como o ar está morno lá fora... entretanto o sol baixou, mas alguns raios ainda se esgueiram, enfraquecidos, entre as árvores da praça. Élisa passará no verdureiro, irá ao leiteiro pagar a conta da semana e não pode esquecer de levar açúcar, e sabão para lavar roupa... Mas antes vai sentar-se um pouco no banco aos pés do Cristo encostado à parede externa da igreja, só um instante, para sentir aquele fim de tarde tão suave, para sofrer com ele, talvez, pois aquela estação em transformação povoa a atmosfera, estranhamente, com uma mescla de novas suavidades e de reminiscências. É que ao mesmo tempo ela anuncia uma primavera nova, vivaz, e assemelha-se às primaveras desvanecidas guardadas pela memória do coração.

Na praça há homens, mulheres e crianças brincando. Uma jovem alta e loira, levando livros debaixo do braço, passa diante da igreja; para na beira da calçada perto do poste de ferro que indica a parada do bonde: com olhares inquietos ela escruta cada vagão que passa.

Três garotos com fantasias esquisitas desembocam de uma rua: o primeiro tem na cabeça um capacete colonial, o segundo carrega um cartaz, o terceiro está de bata branca e leva um trompete a tiracolo. Será uma propaganda ambulante ou alguma brincadeira bizarra das crianças?

Uma porta se abre, um operário atravessa a praça correndo.

Mais homens e mulheres.

E à noite casais langorosos virão sentar-se, um após o outro, no lugar de Élisa, naquele mesmo banco, aos pés do Cristo. Élisa olha para ele.

Pensa que tudo o que está vendo também está se passando sob os olhos daquele Cristo – e talvez ela fosse mais bem compreendida por ele, que vê a vida assim e que decerto também a viu sentada naquele banco, cheia de amor, de sofrimento, de desejos, marcada pela vida que ele lhe dera.

E finalmente ela começa a rezar:

— Não é verdade que até agora agi bem e que devo continuar nesse caminho? E não devo me resignar e me consolar com meu sofrimento. E, se continuo amando Gilles, se me submeto a essa situação sem interferir com mais severidade, o senhor bem sabe que não é por fraqueza... mas é a única maneira de mantê-lo comigo e de poder reconstruir. Preciso continuar preservando e defendendo meu amor... Mas, ó meu Deus, me ampare de vez em quando...

E, dizendo essas palavras, baixinho, quase sem mover os lábios, ela olha a imagem por mais um instante.

A mesma luz débil desliza sobre os membros de Élisa e sobre a cabeça e os braços de madeira policrômica; na têmpora direita, brilham três gotas de sangue que o artesão quis enormes, regulares, quase em forma de coração.

Porém está ficando tarde... Élisa precisa passar no verdureiro, no merceeiro, no leiteiro...

Levanta-se e se apressa, para estar de volta antes de Gilles.

Nem precisaria ter-se apressado: ele chegou duas horas atrasado. Estava bem-humorado, o que já não acontecia havia vários dias.

Élisa pensou que nos outros dias da semana ele pouco vira Victorine, que dedicara seu tempo a outros... As coisas entre eles não deviam estar muito bem... Ele chegava cedo, com o rosto contraído, o humor irritadiço.

Hoje a tinha visto por mais tempo, decerto tinha sido carinhosa, decerto ele voltara a achar que ela lhe era fiel... Estava alegre, animado, brincando com as crianças, no correr da noite falaria um pouco com ela também. Assim, da alegria que Victorine lhe dera, ela, Élisa, receberia sua pequena parte...

XI

O bom humor durou pouco, apenas dois dias. Novamente Gilles tornou-se nervoso, insatisfeito, até violento quando era contrariado.

Chegou o dia de Páscoa, passaram o domingo na casa dos pais de Élisa. Victorine tinha saído.

— Foi se divertir um pouco com os jovens... – explicara a mãe.

A irritação de Gilles chegou ao auge: olhava para o relógio de pêndulo, controlava as idas e vindas dos passantes por trás das cortinas, mexia-se no lugar como um cão amarrado. Por um instante Élisa receou que aquela agitação insólita intrigasse os dois velhos. Mas eles estavam inteiramente voltados para as crianças; além disso, como poderiam imaginar a causa... disse a si mesma com tristeza. Chegou a hora de irem embora e Victorine não tinha voltado.

— Preciso ir para casa por causa das crianças... – disse Élisa – se você quiser ficar um pouco mais...

— Não – ele respondeu, rude –, também vou para casa.

E eles se foram pelas ruas já meio escuras, Élisa levando o bebê, Gilles ao lado dela, as duas meninas andando um pouco adiante. Margearam o rio. Como as gêmeas, por diversão, estavam andando bem na beira da água, Gilles as puxou bruscamente pelos braços e disse a única frase que pronunciaria em todo o trajeto:

— Era só o que faltava, vocês caírem na água...

Élisa chamou-as para seu lado, pediu que cada uma segurasse uma aba de seu casaco.

E continuaram assim, ele sem dizer nada, olhando sempre para a frente, ela observando aqueles maxilares crispados, aquele rosto endurecido de rancor. De fato, naquele instante Élisa sentia pena dele.

Em casa, ele se sentou com o cotovelo apoiado na mesa, sempre sem dizer nada.

Élisa amamentou o bebê, com um lenço aberto sobre o seio porque as meninas estavam ali.

Depois levou as crianças para o quarto, pedindo o tempo todo que sossegassem.

— Fiquem quietas! Não façam barulho... papai está cansado.

Quando desceu, ele não tinha saído do lugar, mas apoiara a cabeça nos braços cruzados sobre a mesa, como se, esgotado de cansaço, tivesse adormecido. Aproveitando as aparências, Élisa disse:

— Gilles! Você está dormindo na mesa... Vamos para a cama, querido, você hoje parece tão cansado...

Encheu uma xícara de café, colocou-a perto dele:

— Olha aqui... toma um pouco de café... vai te fazer bem...

Ele não tinha se mexido, não respondeu nada, mas, soltando um dos braços, procurou a mão de Élisa e a apertou, num gesto intensamente amigo.

Emocionada demais para não se trair falando, esperou um pouco, e só lhe respondeu com um igual aperto de mão. Depois se sentou perto dele e finalmente conseguiu falar.

— Talvez você esteja um pouco gripado... Nesta época, as pessoas confiam no tempo e acabam ficando doentes.

Ele ergueu a cabeça, ela já esperava.

— Não estou doente... não se preocupe comigo...

— Não está doente... está cansado?

Ele levantou a mão, deixou-a cair frouxamente sobre a mesa e, como se falasse apenas consigo mesmo, disse a meia-voz:

— Sou um homem arruinado...

Élisa absteve-se de qualquer gesto terno demais, apenas pousou a mão no ombro de Gilles e disse, muito simplesmente:

— Mas, afinal, o que você tem? Fale...

Ele olhou aqueles olhos calmos, benevolentes e, já meio entregue, respondeu:

— Não consigo explicar... Se você soubesse!

Ela poderia ter dito "eu sei" e assim, como numa revanche, de uma só vez, fazê-lo compreender que não era dessas mulheres que se deixam enganar, fazê-lo perceber quanto era grande seu amor e profundo seu sofrimento, havia meses. Mas aquela mulher era assim, queria lhe dar a vantagem da confissão.

— Dor de coração? – ela perguntou com um sorriso doce.

Olhou aqueles olhos perdidos enchendo-se de lágrimas, aquela dor ainda hesitando em se entregar. Entretanto, sente que faltaria pouco para ele se abrir. E, ao lugar que finalmente poderia ocupar na vida nova de Gilles, ela acabará chegando, nem que precise jogar com a fraqueza de Gilles:

— Chore... você vai se sentir melhor...

Um homem como Gilles chora de maneira estranha: soluça duas ou três vezes, quase sem lágrimas, mas isso basta para lhe dar uma necessidade de ternura, de consolo... ele encosta a cabeça no ombro de Élisa...

E fala. Não para lhe explicar, mas para se aliviar, fala com tão pouca precaução, com tanta ingenuidade que, se não estivesse prevenida, ela não aguentaria o golpe que recebia.

Sem dúvida, de repente ele percebe, pois olha para ela:

— E estou dizendo isso assim, para você...

O rosto dela está calmo, seu leve sorriso se acentuou, ele crê que ainda é benevolência, um estímulo para ajudá-lo a falar, não sabe que, agora, o que a está transfigurando assim é a alegria da vitória. Ela conquistou aquele lugar, ele começou a confessar, citou o nome, revelou o pior... Enfim, voluntariamente, ele vai lhe entregar o coração...

— Bem... são coisas que acontecem... e, se não me dissesse, a quem mais poderia dizer? E você não podia guardar, era como um peso que estava te fazendo mal...

— Sim, é verdade... a quem mais eu poderia dizer? Porque o mais importante para mim é ela e você...

Ela recebeu o golpe sem vacilar, seu sorriso se entristeceu só um pouco:

— Apesar de tudo eu também conto um pouco?

Com uma grosseria involuntária, ele respondeu como se fosse evidente:

— Você? Ora! Você é minha mulher...

Mulher dele, o que isso queria dizer? A que cuida da casa, que faz a comida, em quem ele faz filhos?

Ele estava sendo grosseiro, e isso ela não reconhecia. Mas, inconscientemente, ela se igualava a ele ao esconder pudorosa seus verdadeiros sentimentos com frases que pareciam reduzir o drama a uma situação vulgar qualquer:

— Claro... nós, é uma velha história que se acabou, moramos juntos, continuamos fazendo filhos por hábito... E quanto ao mais, compreendo que você... Além do mais nos entendemos bem assim, você bem sabe... entre nós a vida continua como se não tivesse havido essa... essa outra coisa...

O que me incomoda é você estar insatisfeito... ultimamente está sempre com ar tão aborrecido... bem reparei que andava amargurado... Tudo bem, talvez passe, essa sua... sua paixãozinha...

Caindo na armadilha que instintivamente ela acabara de lhe montar, ele se entregava mais, já não se atendo aos fatos, mas aos próprios sentimentos:

— Ah, mas não é uma paixãozinha... é...

Ele quis explicar, mas lhe pareceu muito difícil.

Ficou em silêncio por um instante, como se visse uma série de imagens interiores; depois, com um gesto largo da mão, que parecia designar todo o seu corpo, resumiu:

— É como uma fogueira, uma fogueira enorme...

Ainda sentado, abriu um pouco as pernas, inclinou o tronco, esfregou os joelhos com pequenos movimentos circulares da palma das mãos, parecia estar refletindo:

— Ou como uma fúria... – acrescentou com um vozeirão ingênuo.

Calou-se, e depois:

— A desgraça é que é uma garota esquisita, não se sabe o que esperar dela...

Ele acabara de tocar na causa de seu tormento, sem que Élisa precisasse ajudá-lo, falou durante vários minutos, expressando suas queixas.

Que Victorine era inconstante, que ela não entendia o sofrimento de Gilles nem as reprimendas que ele lhe fazia, tudo isso Élisa já sabia. Mas ela observava Gilles, atenta àquela fisionomia, àqueles gestos, assim como a cada uma daquelas palavras, que expressavam quanto seu rancor era profundo, e assim, avaliando mais uma vez o grau daquela estranha paixão que ia acabando com ele, Élisa sofria em silêncio, como uma mãe impotente, e repetia a si mesma:

"É como uma doença... uma doença grave que o está corroendo..."

De repente Gilles teve um acesso de raiva. Empurrando uma cadeira violentamente com o pé, gritou:

— Ela é minha... quero que seja minha... Ela me pertence, maldito Deus, ela disse no começo...

Élisa aproximou-se dele e achegou aquele corpo grande ao seu:

— Calma, querido, calma...

E com a mão alisava-lhe os cabelos, tocava-lhe a testa, como se faz com uma criança febril.

Ele se deixou levar, ficaram assim. Ela sentia no seio o calor da cabeça de Gilles.

— Sabe – ele dizia com os dentes cerrados –, se por acaso eu a encontrasse com um daqueles sujeitos, seria capaz de matá-la...

— Matá-la porque está te traindo... destruir-se para sempre... – e ela o estreitou um pouco mais forte –, se está dizendo isso é porque não a ama...

Ele se soltou do abraço:

— Eu não a amo? Ah, mais essa agora... como assim, não a amo! Se eu conseguisse explicar o que sinto... Aliás, ela também... porque é às vezes sim, às vezes não... e quando é sim, pois bem, de fato é como se ela também me amasse. Não a amo! Se fosse assim, não sentiria o que sinto! Quando ela se entrega...

Ela teve vontade de gritar "Mas onde?", pergunta de mulher com ciúme; não cometeu esse desatino, não fez a pergunta que a torturava havia meses.

— Quando possuo aquele corpo... – ele continuava – aquele corpo...

Não encontrando palavras, com as mãos abertas ele desenhava no ar uma forma humana.

Ela pegou suas mãos, baixou-as suavemente:

— Chega, querido... chega, ora, você está se machucando...

Mas, por mais que segurasse as duas mãos de Gilles, que as pressionasse um pouco nervosa contra seus joelhos, Élisa revia o gesto que elas acabaram de fazer. As mãos estavam ali, debaixo das suas, apertadas contra seus joelhos, mas era como se elas se duplicassem: via-as novamente se erguerem no ar, e aquele corpo que esboçavam se definia, tornava-se um corpo de carne, quente, nu, palpável, entre as grandes mãos rugosas de Gilles.

Ela fechou os olhos, no entanto enxergou com ainda mais nitidez... o corpo era pequeno, polpudo sem ser gordo, os seios altos e redondos, as coxas longas e delgadas, sem nenhum tecido que as cobrisse. "Vamos brincar de estátua?", e a voz era alta, um pouco aguda, sem emoção, quase sem entonação: "Você me ama, Gilles?". E o corpo vivia, se movia, ondulava entre as grandes mãos morenas que, um instante antes, com amplas carícias lentas, evocadoras, seguira as curvas de uma carne imaginária.

Ele voltara a falar, sem que ela o ouvisse.

Ele tentava soltar as mãos que ela continuava segurando entre as suas.

— Não aperte tanto... Lisa? Você não diz nada... não aguento mais, me dá um pouco de café, vai me fazer bem.

Ela se levantou, encheu a xícara. Ele notou o rosto pálido dela, as feições cansadas.

— Tome também... você está branca... agora vai ficar se atormentando por minha causa... No entanto, o fato de te contar talvez me faça bem... parece que você compreende, não é como ela, quando quero explicar alguma coisa, ela fica toda admirada e diz: "O que foi que te deu?".

— Sim, eu sei como é... mas talvez ela mude...

— Você acha?

Ela ergueu um pouco os ombros, voltou a se sentar perto dele e, apontando para a xícara que acabara de encher, disse calmamente, como se aquela noite estivesse sendo igual a todas as outras:

— Bebe... e depois vamos deitar, está na hora de você descansar...

Sentada, com as mãos cruzadas sobre a saia, o

tronco um pouco encurvado, seu rosto bonito e triste voltado para ele, viu-o tomar o café. Ele pousou na mesa a xícara vazia e, ao ver que ela seguia todos os seus gestos, disse:

— Você é uma mulher estranha, Lisa... voltamos para casa, eu me sentei, depois vi que você estava aí... então, não sei como, como se fosse uma coisa natural, te contei tudo... E você poderia se lamuriar, fazer uma cena, me mandar embora... e em vez disso está aí sentada, me olhando, como se fosse minha mãe.

Ela sorriu docemente, sem que o rosto disfarçasse a melancolia.

— Mas também preciso te dizer uma coisa – ele continuou –, você, as crianças, a casa, tudo isso é importante para mim, e muito, sabe. Apesar de tudo, eu não conseguiria abandonar vocês, já pensei sobre isso. Sem dúvida para você também é assim... e, apesar do que eu te disse, você estará sempre aqui... assim...

— Claro... – ela respondeu – só que...

Élisa queria dizer:

"Só que fique sabendo que eu te amo, para mim só você tem importância..."

Mas pensou que, se agora o fizesse sentir o peso de seu próprio amor, ele já se arrependeria da confissão, e então ela disse:

— Só que... você deve sempre me dizer tudo, não esconder nada de mim... e então estarei sempre aqui... esperando... esperando que passe.

— Sim – ele respondeu –, vou te dizer tudo, vai me fazer bem falar com você.

De fato, na mesma hora ele já teve a crueldade de ser sincero, pois acrescentou num tom que novamente se tornara raivoso e desesperado:

— Mas, sobre esperar que passe, você vai ficar esperando muito tempo... vou repetir, ela me pegou... acabou-se... sou um homem arruinado...

De repente começou tudo de novo. E mais uma vez ele se pôs a chorar quase sem lágrimas, com aqueles pequenos soluços esquisitos.

Ele não falou mais.

Élisa passou a tranca na porta de entrada, preparou a lamparina noturna, apagou a luz da cozinha.

— Vamos lá... agora vamos subir, seja como for, você não pode se abandonar ao nada...

Ele não adormecia. A cada poucos segundos ela o ouvia suspirar de irritação. Sentia nele a tortura de um desejo reprimido. E ela, sua mulher, estava proibida de se interpor, de se introduzir inteira entre ele e aquela imagem que o atormentava. Na beirada da cama, ela só podia se aventurar a aflorar com os dedos, numa carícia discreta, o rosto, os ombros, o peito dele, mal afastando o lençol que a privava do contato com aquele corpo adorado. E, no entanto, como gostaria de socorrê-lo!

E de repente teve a ousadia: com mão anônima e terna, suavemente aplacou o desejo dele.

XII

Gilles tinha confessado. Élisa ocupara o estranho lugar de confidente. Mas, de fato, teria havido alguma mudança em sua vida dolorosa? Sim, já de manhã ela percebeu. Fazia algum tempo que os cafés da manhã, os preparativos para a ida à fábrica, faziam-se num silêncio pesado. Hoje Élisa pôde dizer, olhando-o nos olhos:

— Veja... estou pondo um pedaço de torta, além do pão com manteiga...

E ele agradeceu com um sorriso. De todo modo, era um ganho, e para Élisa já era muito.

E a partir de então as noites também passaram a ser diferentes.

Ele volta, põe como sempre seu cantil esmaltado no parapeito da janela, pendura o casaco no cabide e, com um sorriso ou retorcendo os lábios, já anuncia a Élisa que as coisas foram bem ou mal. Terminado o jantar, as crianças na cama, ele conta seu dia: se encontrou Victorine... o que ela disse... o que ele conclui de sua atitude... E Élisa sempre compreende tudo, admiravelmente. Até conclui as frases dele, ajuda-o a formular seus pensamentos.

— Sim – ela diz –, ela deu um sorriso amável e tudo mudou... é como se isso te desse a certeza de que ela te ama...

— Não, ora – ela também diz –, você não tem prova nenhuma de que hoje ela te traiu... Mas ontem ela não se voltou para você quando a deixou, você esperava esse gesto, ficou com isso no coração, e durante esse dia em que não a viu imaginou coisas de todo tipo só por causa desse detalhezinho que não prova nada...

De fato, não tinha pensado nisso... nada de novo tinha acontecido desde ontem e foi no momento em que percebeu que ela não ia se virar que as dúvidas dele começaram... depois aumentaram, assim, sem razão... E fica espantado quando se dá conta de que Élisa tem razão... ela sempre encontra as causas do abatimento, da aflição dele...

Gilles sofre por Victorine; Élisa sofre por Gilles. E dessa mesma dor nasce a conivência deles.

Nos dias em que Gilles não tem nada para contar, Élisa sabe que ele vai se sentar num canto do cômodo, com a cabeça entre as mãos, e ficar assim durante horas, sem dizer nada, com ar contrariado. Então ela diz:

— Vem, vamos jogar baralho.

Ele reluta, acaba aceitando. Instalam-se na mesa, um de frente para o outro. É verão de novo, a luz ainda não está acesa, a janela está aberta para a escuridão incipiente. Ouvem-se conversas e risadas nos jardins vizinhos. O calor do dia, ainda impregnado na terra, vai-se amenizando lentamente. Logo se faz silêncio e está quase totalmente escuro, acendem a luz. Élisa junta e baralha as cartas, distribui-as de novo...

— Trunfo de copas... é você que leva...

Ela joga com interesse fingido, como se faz com uma criança difícil.

Joga até o sono vencer o homem.

Uma noite, por mero acaso, mero hábito masculino, ele acordou, virou-se para ela e a tratou como mulher. No fim das forças, ela se permitiu acreditar na ilusão. Esqueceu tudo. Por um momento viveu um mundo em que só havia Gilles e a mulher de Gilles. Fraqueza pela qual pagou caro: era a primeira vez que, pelo menos por um instante, ela vivia sem consciência do drama; quando a realidade voltou, feriu-a pela segunda vez, tão profundamente quanto no primeiro dia.

Um domingo Gilles não anunciou, como geralmente fazia, que Victorine viria ou que iriam à casa dos pais de Élisa; tampouco manifestou o desejo de sair sozinho.

— Como o tempo está tão bom – ele disse –, que tal passar o dia no campo?

Logo tomaram as providências: subiram ao sótão para buscar a mochila, prepararam fatias de pão com manteiga, ovos cozidos, encheram de café o cantil de Gilles. Élisa fazia gestos rápidos, um pouco nervosos, ainda não se entregara à alegria do dia, só tinha pressa de ir embora, de estar longe de casa, temendo que uma contraordem viesse alterar tudo.

O trem deixou-os a uns 20 quilômetros da cidade. Andaram pelos bosques, Gilles e Élisa revezando-se para carregar o bebê. Ao meio-dia descansaram numa clareira. Élisa amamentou o filho, depois estendeu uma coberta na relva e o instalou ali. Desembrulharam o pão. As meninas comiam correndo de um lado para outro, de vez em quando voltavam para buscar sua porção. Gilles tinha se deitado na relva, com a cabeça apoiada no colo de Élisa. Depois de comer, ficou assim, tranquilamente, falando de uma coisa e outra, sem fazer a menor alusão a Victorine. Élisa pousara a mão no ombro de Gilles, olhava o rosto dele, não ousando dizer quase nada, temendo que uma simples palavra dissipasse aquela calma. Ele se calou. Élisa lembrou que uma tarde, antes de se casarem, tinham ido passear em família por aquelas paragens. Num desvio do caminho, Gilles de repente a estreitara, eles rolaram pelo mato e por longos segundos beijaram-se enfurecidamente. Tiveram dificuldade para limpar a blusa nova de Élisa, que a relva tingira de verde; depois, para esperar os pais, sentaram-se num tronco de árvore, de mãos dadas.

— Você me ama?

— Loucamente... loucamente...

Eles riam porque os outros com certeza não imaginavam o que estavam dizendo um ao outro... Durante o resto do passeio, quase todo o tempo Gilles teve de ficar com a mão no ombro de Élisa para que ninguém visse a mancha da blusa...

Esteve prestes a perguntar se ele se lembrava daquilo. Mas não, era melhor não dizer nada... Ele fez um sinal para mostrar que o sol estava atrapalhando, ela levantou a mão para lhe proteger o rosto.

Agora parou de pensar, já não evoca nenhuma lembrança. Inclinada, com a mão levantada, os grandes olhos atentos seguindo o leve ofegar do peito do homem, ela não se mexe – tem o coração cheio de uma frágil doçura.

Mais tarde, voltam a caminhar pelo bosque. Vão dar num vasto altiplano que, à direita, estende-se como que até o infinito; do outro lado, na direção da cidade, desce verticalmente. Aqui já não há quase árvores, o sol está ardente. Gilles tira da mochila um jornal e com ele faz um chapéu pontudo que põe na cabeça de Élisa:

— Vejam como a mamãe está bonita!

As crianças riem, querem um chapéu para elas também.

— Vamos fazer outro...

O caminho se torna cada vez mais estreito e eles começam a andar em fila; de passagem, colhem madressilvas no mato e margaridas à beira do caminho.

Agora, à esquerda, a vista se estende até longe: no horizonte erguem-se as chaminés dos altos-fornos e os cones pretos das pilhas de escória. Param por um instante para olhar. Dali, parece que se está acima do mundo... Depois, um atrás do outro, carregados de flores e com chapéus de papel, caminham de novo entre os altos capins avermelhados.

No trem que os leva de volta, as pessoas olham para eles. Élisa está orgulhosa de suas crianças lindas e do homem alto e bonito sentado diante de si. Ele juntou num grande buquê as flores que colheram e leva-o no colo, um pouco desajeitado. Élisa enfeitará a casa com elas e, assim, amanhã sobreviverá um pouco de hoje, dia abençoado.

Ah! Que todos os dias da vida sejam iguais a este... dia feito de pequenas alegrias justapostas. Passeios no bosque... Cheiro quente das charnecas... Gilles deitou a cabeça no colo de Élisa... Gilles jogou pedras achatadas na água de um riacho... Caminho alto... Vejam como a mamãe está bonita... gramíneas verdes, loiras e avermelhadas estendendo-se por ermos infinitos. Nada mais. Instantes aparentemente insignificantes cujo segredo Élisa captou. Muda, abandonada, ela os possuiu até o inefável.

O trem roda, vagão de terceira classe, lotado. O cheiro azedo de corpos suados e o cheiro doce da madressilva se misturam. Mulheres, homens que fumam ou cochilam, crianças no colo da mãe. Rostos dos quais Élisa nada sabe. E, entre essas pessoas desconhecidas, um grupo: Gilles, os três filhos e ela, a mulher de Gilles. Novamente o instante se apodera de Élisa. Oh! Não conseguiria dizer nada... mas submete-se a ele com todos os sentidos e com toda a alma. A ferida que leva no coração, a dor latente que sente ressumar, está ali para lembrar a fragilidade do instante. Entretanto a vida poderia ser feita, toda ela, de instantes de igual doçura, de igual significado... Mas haveria no coração do homem lugar para tanta felicidade?

Mulher sem malícia, sem orgulho, sem filosofia, ela não se pergunta se há no mundo lugar para um coração como o seu.

De todo o seu corpo, de toda a sua alma, invade-lhe um trágico apelo ao inefável. O grupo de Gilles, das três crianças, da mulher de Gilles... Seus braços tremem um pouco em torno da criança que carrega, seu rosto estremece de leve... ela avança pela felicidade até a aniquilação. Com a cabeça apoiada na parede do vagão, fechou os olhos. Seria de dizer que se trata de uma mulher como as outras, um pouco cansada de um dia passado no campo.

Na plataforma repleta de gente, Élisa seguiu Gilles, que segurava as meninas pela mão. Num dado momento, ele empurrou as meninas para a frente e, voltando-se para Élisa:

— Ela deve ter-se espantado por não me encontrar hoje... É uma boa tática, vai deixá-la com ciúme. Disse que não sairia este domingo... tenho vontade de passar lá para ver se é verdade...

— Não... não agora! – ela disse com voz dolorida, quase inaudível.

— Sim, vamos lá.

E, novamente conduzindo as meninas, ele avançou rapidamente em meio à multidão.

Élisa seguiu atordoada.

Na casa dos pais, tinham posto cadeiras na calçada e estavam sentados ali, junto da parede da casa, para tomar a fresca do entardecer. Victorine estava com uma bata de organza cor-de-rosa e uma fita de veludo preta nos cabelos de ondas bem definidas.

Gilles e Élisa apareceram com os filhos, as flores, um ar de fim de passeio.

— Não, mãe, não vamos entrar, fiquem sentados. Só estamos de passagem... as crianças estão cansadas.

— Que dia bonito hoje! – disse Victorine. — Se tivessem dito que iam ao campo, eu teria ido com vocês...

— É mesmo? Teria? – perguntou Gilles com alegria ingênua. — Se eu soubesse! Mas... olha! – remexendo no buquê, ele tirou os ramos mais bonitos –, assim é como se você tivesse ido...

Élisa olhava o gesto, seguindo com os olhos os ramos que passavam de uma mão para a outra.

Flores do dia seguinte, lembrança do dia... assim cada uma de suas pequenas alegrias nascem e vão se estragando...

Voltaram para casa, as crianças reclamavam de sono, não pararam na cozinha, subiram direto para os quartos. Deixaram a mochila e as roupas numa cadeira. Puseram o que restara das flores no jarro do lavatório.

E, mais uma vez, chega o momento em que os outros dormem e ela fica sozinha, livre diante de sua dor. Do passeio, trouxe um cheiro de terra, de árvore e de doce transpiração campestre. Sobre esse fundo insípido de cheiros misturados, paira o perfume definido da madressilva. Foi colhida naquele altiplano interminável... Belo dia cuja alegria se desagregou num instante.... Um dia de calma que perduraria até a noite! Até o momento em que, deitada ao lado do homem adormecido, seria possível rememorar os instantes sem sofrer.

— Meu Deus, meu Deus... não me abandone... tenha piedade de mim... hoje eu estava tão sedenta de felicidade...

Com a cabeça virada para fora da cama, ela chora com pequenos soluços abafados, com um lenço cobrindo a boca para não acordar Gilles.

XIII

Na desgraça, o tempo passa depressa, digam o que for. Nenhum ponto de referência povoa o tempo que se foi, nenhuma alegria distingue um dia do outro. Apenas o lamentável, sempre o mesmo.

"Já é outono!", Élisa diz a si mesma. Logo fará um ano que ela vive sem o amor de Gilles... Atrás dela parece haver um só dia, interminável mas único.

Surpresa, olha o jardim: as primeiras geadas brancas marcam a terra mais nua, as árvores se desfolham. As belas brumas do Norte embaçam as paisagens matinais, vão lentamente deixando a terra para reaparecer um pouco depois e difundir as luzes do entardecer. Já não há flores no jardim; junto da cerca sobem as grandes hastes redondas dos alhos-porós cheios de sementes.

"Já é outono", e ela tem a impressão de que não viveu.

Sai da janela, anda um pouco pela cozinha: a mesa e as cadeiras, a escada que sobe para os quartos, à esquerda o fogão e o aparador... cenário de sua vida. O que importa que as estações morram e voltem! Só há esse hoje monótono que não acaba nunca... Há meses ela aguarda que se levante a aurora de um segundo dia.

Ela retoma seu pensamento, ela o conclui:

"Já é outono! Como as horas passam devagar!"

Pois só o tempo do coração conta.

Embora Élisa tenha se levantado há muito tempo, Gilles ainda não chegou da fábrica: agora, quando ele passava a noite trabalhando, nunca mais ela ficava na cama esperando sua volta. Atravessou o pequeno cômodo de móveis encerados, abriu a porta de entrada. A bruma ainda estava muito densa, não o veria chegar pelo caminho. Entrou de novo, voltou com uma vassoura, pôs-se a limpar a pequena calçada de pedras. De repente ele surgiu da neblina, bem perto dela:

— Ah... Lisa!

Sem outra manifestação pelo reencontro, ele entrou em casa. Ela o seguiu.

— Quer comer já?

— Sim, me lavo depois.

Serviu-lhe o café quente, sentou-se à mesa em frente dele, também comeu um pouco. Ele não dizia nada. Por causa do frescor lá de fora, a janela estava fechada, o cheiro do toucinho frito enchia o cômodo. À luz do amanhecer, tudo parecia vazio, patético. Elisa estava sufocada.

Disse, para romper o silêncio:

— É preciso arrancar o que sobrou dos alhos-porós bons, senão as hastes vão subir como as dos outros...

— Se subirem, deixe que subam.

Era melhor não insistir. O dia estava começando mal. Ontem no fim da tarde Gilles estava bem calmo, mas decerto à noite, durante o trabalho, vieram-lhe maus pensamentos e seria preciso aguentar as consequências até que se fossem sozinhas ou até que Victorine tivesse uma palavra ou um gesto favorável. Élisa chegava até a desejar que esse gesto ou essa palavra se manifestassem quanto antes... Pensamento que não durou mais de um segundo... envergonhou-se dele imediatamente. Mas, também, sempre aquele mau humor, aquelas irritações, aquele silêncio pesado sufocante e que nunca ela podia romper impunemente!

Pois, nos últimos tempos, confidenciar-se com Élisa já não o tranquilizava. Victorine logo dera um jeito de reduzir aquela leve melhora: tal como um dia lhe agradara excitar o desejo de Gilles, agora cismara em fazer amor com outro.

Lucien Maréchal tinha na cidade uma loja de fumo e charutos... Ela se casaria com Lucien. Com mãos bem-cuidadas, aliança de ouro e anel de prata com pérola fina, mostraria os pequenos estojos de cedro:

"Claro? Cogétama? Ou Voltigeur?" Uma ideia como qualquer outra. E fácil de realizar: se temos sexo, ora, é para usá-lo.

E por que não? Vá em frente, cadelinha sem-vergonha. Para você, a vida não tem riscos. Nada a perder, nada a ganhar. Nada jamais poderá te exaltar nem te rebaixar. Mulher que nada tem do céu nem do inferno, mulher sem alma, sem coração, sem espírito... e sem carne, pois mesmo esse sexo enorme que te devora não te dá nem sofrimento nem alegria.

E faz parte do jogo da tua trágica inocência continuar encontrando Gilles, apesar de tudo. "Afinal... o marido de Élisa é um belo rapaz..." E você vai pelas ruas da cidade, dando-se o gosto de andar de braço dado com aquele belo operário loiro. Atormentado, o ingênuo pergunta:

— Mas, Victorine... você me ama?

E você, com aquele seu trejeito das sobrancelhas:

— Ora, é claro! Por que não?

Teu corpo tem uma forma adorável, tuas pernas são longas e brancas, tua pele é mais fina do que a das mulheres de operários. Nenhuma preocupação muito intensa, nenhuma alegria muito deslumbrante marcou teu rosto, e teu ventre não tem estrias... O corpo nu que Gilles vê colado ao dele parece-lhe o corpo inesperado de uma mulher de outras paragens. De fato, você sabe imitar o jogo do amor. Mas tuas pálpebras não se fecham nem piscam mais depressa; e estes olhos sem olhar, embora ele não saiba por quê, exasperam o homem, o perseguem quando está longe de você. Sem as provas que, se ele tivesse, lhe seriam insuspeitadas, ele já não conhece o aplacamento do macho, dono de sua presa.

Veja... na cozinha limpa e triste a vida agora só pulsa imperceptivelmente. Gilles terminou de comer o toucinho e os ovos; continua à mesa, com os olhos cheios de tormento. Tua irmã Élisa está em pé, perto da janela, com o olhar perdido na névoa do Norte que aos poucos vai desvendando os horizontes escuros. Ela não pode fazer nada por você, nem contra você. Ninguém pode nada, nem por você nem contra você. Um pouco ancilosada por seu amor grande demais, ela espera. Espera que Gilles se cure. Sabe que ninguém se cura de você pela força, mas apenas pelo ódio profundo.

Élisa subiu para buscar as meninas, para lavá-las e vesti-las na cozinha: assim, se Gilles resolvesse se deitar, o quarto estaria em silêncio, uma vez que o bebê não acordaria em menos de uma hora.

Quando desceu, Gilles tinha saído da mesa.

Descalçou-se lentamente e, jogando os sapatos perto do fogão, disse:

— Vou tentar dormir! Até logo mais.

Assim que ele saiu, uma das gêmeas disse à outra, cutucando-a com o cotovelo:

— Hoje ele está com cara de mau humor...

Bruscamente a mão de Élisa bateu no rosto da criança.

Na hora a menina não chorou. As três se olharam por um instante, em silêncio. Élisa não se mexia, espantada com seu gesto. Depois abraçou a filha e a consolou:

— Não chore, querida... eu te machuquei? Mas, também, isso não é jeito de falar do seu pai...

Estava na hora de ir para a escola. A neblina tinha se dissipado por completo, um sol branco de outubro iluminava o caminho. As meninas andavam sem dizer nada, dando uma das mãos para Élisa e, com a outra, segurando a pasta de lona marrom. Estavam acontecendo coisas estranhas, elas não sabiam o quê, mas sentiam que, em tudo aquilo, o lugar delas era muito pequeno.

Na volta, Élisa parou na mercearia. Estava com pressa, foi a primeira a ser servida; pareceu-lhe que a olhavam de maneira esquisita. Quando saiu com as compras, uma das mulheres que estavam lá dentro falou cedo demais e ela conseguiu ouvir:

— Que história, quem diria... E com certeza ela sabe. Dá para ver pelo jeito dela...

As pessoas sabiam... Tinha de acontecer: para despertar a atenção, bastava que os vissem se separar no caminho, com despedidas muito longas. Talvez tenham sido vistos nos matagais, atrás das sebes estreitas... Escondida pelas prateleiras da vitrine da loja, Élisa esperou um instante; a outra mulher respondia:

— Pois eu acho que, se ela admite isso, é porque não vale mais do que eles.

Com o grande xale preto cruzado no peito, os braços carregados de compras, Élisa retomara seu caminho. O coração batia acelerado; entretanto, ela margeava lentamente as sebes, os portões baixos dos jardins, as pequenas casas de tijolos. Com a silhueta um pouco arqueada, a expressão em que alguma coisa subitamente acabara de morrer. Empurrou a porta da cozinha. Sentada na primeira cadeira, abriu um pouco os braços, deixando as compras caírem no colo. Fixou os olhos num canto vazio do cômodo.

Depois, foi pegando um a um os sacos da mercearia, colocou-os sobre a mesa. Desvencilhou-se do xale, ergueu um pouco os ombros: afinal, é muito pouca coisa em comparação ao resto...

Por volta das onze horas, Gilles desceu. Como estava só de meias, Élisa não o ouvira chegar. Perplexa, ficou olhando para ele, com um pano de prato na mão. Gilles dobrou um pouco as pernas para chegar à altura do espelhinho pendurado na parede e ajeitou o cabelo. Sentou-se, calçou o sapato e finalmente:

— Não consegui dormir... vou descer até a cidade, pode ser que lhe dê a ideia de ir à loja do Maréchal ao meio-dia...

Ela procurou avidamente uma razão para retê-lo. Em pé no vão da porta, por instinto pôs as mãos no batente, barrando a passagem com os braços abertos.

— Mas, Gilles... você precisa descansar! Em que condições vai estar à noite para trabalhar?

— Não vou conseguir dormir! Me veio a ideia de

que ela vai encontrá-lo ao meio-dia... Se não for verificar pessoalmente, vou enlouquecer...

Ela baixou os braços, sentiu o leve contato daquele corpo grande passando sem se deter.

Ele voltou duas horas depois.

— Fiquei perto da loja do Maréchal — ele disse — e, quando tive certeza de que ela não apareceria, fui embora. Eu poderia ter ido procurá-la direto na loja dela, assim a encontraria... mas não saberia o que ela tinha intenção de fazer. Agora, pelo menos, quando amanhã ela me disser que não foi ao Maréchal ao meio-dia, vou saber que dessa vez não está mentindo...

Élisa empalidecera. Ah! Pena ele não ter visto Victorine entrar na loja... pena não ter voltado mais atormentado ainda, furioso mas inclinado ao ódio profundo... E lá estava ele, triunfante, serenado, quase terno:

— Diga lá, Élisa... quer que eu arranque seus alhos-porós antes de subir?

E no dia seguinte, e nos que viessem depois, Victorine, não importa o que ela fizesse, encontraria as palavras ou os gestos que manteriam o fôlego de Gilles, que o manteriam ao alcance da mão, como uma pera para matar a sede...

— Pode deixar... – ela respondeu depois de um instante –, é melhor você ir para a cama... precisa dormir, vai ter de trabalhar à noite...

— Tem razão… agora talvez eu pegue no sono…

Ele subiu. Élisa voltou às tarefas.

Tinha parado diante da janela para respirar um pouco. Perdida em seus pensamentos, deixava o olhar vaguear para além da cerca do jardim, pela campina, onde os olhos seguiam sem ver as manchas que se moviam. Soldados em manobra rastejavam no capim. Um deles, deitado pertinho do jardim, voltara-se para Élisa e sorria. Seus olhares se encontraram. Ele lhe mandou um beijo, para se distrair um pouco. Como ela não respondia com nenhum gesto e seu rosto continuava impassível, ele fez um beicinho de reprovação. De longe, não se via direito o corpo dele envolvido num tecido que quase se confundia com a terra e o capim já avermelhado; só se via o rosto jovem, debaixo do capacete jogado para trás. Ela sorriu também. Então o rapaz se ergueu um pouco e do chão destacou-se o corpo, ainda frágil, tão jovem quanto o rosto e sobrecarregado de pano e couro. Por meio de gestos, ele deu a entender que gostaria de que ela estivesse deitada na campina, perto dele. Apontava para ela, mostrava o capim ao lado, ria e encolhia os braços, fazendo o movimento de abraçar.

Élisa afastou-se da janela. Seus seios incharam sob o vestido. Ela cobriu o rosto com as mãos. Em si mesma, só via a imagem do homem que dormia no quarto lá em cima.

Subindo a escada lentamente, parou diante dele. Gilles não tinha tirado a roupa, seu corpo estava largado sobre as cobertas, grande, robusto. O cotim azul da calça moldava até a virilha a perna esquerda dobrada. Sob os ombros, as mãos grandes, adormecidas em pleno movimento, estavam agarradas à lapela da camisa, deixando à mostra o tufo de pelos loiros no centro das duas aréolas escuras, quase pretas. A mandíbula vigorosa, sombreada pela barba da véspera, distendia-se um pouco, crispava-se novamente. As densas mechas loiras, jogadas para trás, deixavam nua a testa muito pálida, levemente mosqueada de ruivo.

Nunca Élisa o observara tão detidamente, nunca o amara tanto nem desejara com aquele arrebatamento tão trágico, aquela longa angústia de todo o seu corpo. Estava ali, com as costas na parede, tensa, a carne um pouco úmida, os seios rígidos.

Finalmente ela se foi, sem fazer ruído, na ponta dos pés.

Da janela da cozinha, viu homens correndo na vertente da campina, encurvados e de fuzil na mão; chegaram ao alto, desapareceram na outra vertente. Perto da cerca do jardim, o capim estava vazio, um pouco pisado. O jovem soldado acompanhara os outros. Chamado por eles e misturado a eles, o homem-menino voltara ao jogo da guerra.

Os arredores retomaram a aparência tranquila. De vez em quando ainda se ouvia, rompendo o silêncio da tarde, uma voz rouca gritando ordens.

Élisa fechou a janela, enrolou o oleado que cobria a mesa e começou a descascar os legumes para a sopa do jantar.

Fazia tempo que tinha escurecido. As crianças estavam na cama. Gilles, terminado o jantar, lia as notícias da noite. Élisa preparou os pães, três com ovos mexidos, três com toucinho cru. Embrulhou-os, deu-os para Gilles. Ele se foi. Tudo morreu ao redor dela.

Ficou inativa por alguns instantes, padecendo a solidão. De vez em quando ouvia se aproximarem e depois sumirem pelo caminho os passos dos operários que iam para a fábrica. Às vezes andavam dois ou três juntos e um barulho abafado de palavras chegava até ela. Outras mulheres estariam sem homem naquela noite. Mas por muito tempo conservariam nos lábios o gosto dos beijos sinceros de despedida, nos seios a lembrança de uma carícia pura: mão leal e calorosa, quase amiga, que aflora a blusa na hora de ir embora. Em plena noite, sentindo o lugar vazio a seu lado, talvez acordassem, no entanto sabendo que de manhã, ao alvorecer, seus braços estreitariam os homens que retornaram, como antes ela fazia.

Corpos famintos, mas sem inquietação, que se tranquilizarão alegremente à primeira luz do dia...

Élisa apertou os braços em torno de si mesma, inclinou a cabeça sobre o peito. Noite solitária, dia seguinte sem esperança. Dia único, sem dia seguinte... "Me veio a ideia de que ela pode ir à loja do Maréchal... poderia ter ido procurá-la direto na loja dela, assim a encontraria... Eu acho que, se ela admite isso, é porque não vale mais do que eles... Se não for verificar pessoalmente, vou enlouquecer..."

Levantou a cabeça, suspirou. Deu uma ordem na cozinha, apagou a luz, subiu a escada.

Ficou um bom tempo parada diante da janela do quarto. Viu confusamente na escuridão a forma ondulada das campinas, mais ao longe um grande espaço de escuridão vazia. Mais ao longe ainda, brilhavam luzes baralhadas e os fornos avermelhavam o céu. A sirene da fábrica soou a hora, indicando o descanso de uma turma: Gilles ia começar a trabalhar.

XIV

Na manhã seguinte, soaram as sete horas e Gilles não tinha voltado. Depois de muito tempo, Élisa já estava preocupada. Começou a vestir as crianças, vigiando a janela ao menor ruído vindo de fora. Àquela hora da manhã parecia pouco provável que Gilles tivesse encontrado Victorine. Temia um acidente. Aflita, via Gilles esmagado debaixo de um lingote de aço ou triturado nas engrenagens de uma máquina monstruosa. Contra esse tipo de desgraça não há o que fazer... E, atarefada, ela rezava ansiosa, dentro de si mesma, para que a causa daquele atraso fosse apenas Victorine.

Passou a hora de ir para a escola sem que Élisa se decidisse a sair de casa. Por fim resolveu. Verificando que o bebê dormia tranquilamente, acompanhou as meninas até uma parte do caminho, depois as deixou, recomendando que andassem bem-comportadas pela calçada. Com a mão na testa, vigiou-as até que tivessem atravessado a praça. Se não encontrasse Gilles em casa, iria correndo até a fábrica... Voltando os olhos, de repente ela o viu. Tinha acabado de descer do bonde e vinha ao encontro dela.

— O que aconteceu, Gilles? Você me deixou preocupada...

A expressão dele era de cansaço. Embora não estivesse fazendo calor, o suor lhe corria pelo rosto, misturando-se à poeira da noite.

— É que eu precisava vê-la, me pus no caminho que ela faz para ir à loja. Ela estava com um colar que eu não conhecia... Achei que estava esquisita...

Élisa não respondeu nada. Afinal, ele estava ali... andando ao seu lado... Por um instante ela se entregou àquela alegria intensa que se segue à preocupação.

Levantou a cabeça para ele, tocou-lhe o braço:

— E você foi à cidade assim, todo sujo...

Voltou a olhar para o caminho e falou em voz mais baixa:

— Está agindo de um jeito desastrado, Gilles... Você se põe demais no caminho dela, isso deve aborrecê-la... Parece que está correndo atrás dela, o que ela deve pensar de você...

— Mas é natural – ele respondeu exaltado –, seja como for, ela tem de saber que me pertence, depois do que houve entre nós!

— Passe um tempo sem vê-la, não faça nada... – ela disse baixinho. — Se fingir indiferença, se fingir que a deixou, ela vai se dar conta de seus erros e voltar para você por iniciativa própria...

Ela sabia que era um jogo perigoso, mas achava que tinha chegado a hora de tentar. O fato de Gilles separar-se de Victorine por vários dias poderia aumentar a necessidade que tinha dela, mas Victorine também poderia acreditar naquela indiferença fingida. Se desse o jogo como perdido, se descartasse Gilles, se ela se voltasse completamente para outro lado, talvez ele enfim percebesse quais eram os sentimentos da moça.

Gilles não respondera, mas as palavras de Élisa caminhavam devagarinho na cabeça dele, precisava de tempo para examinar uma ideia.

Fazia tempo que tinham chegado em casa quando ele disse, sem preâmbulos:

— Talvez você tenha razão...

Sem dizer mais nada, continuou a comer com gestos rígidos, braços abertos, tronco muito longe da mesa, segurando o pão com a mão inteira. Por fim concluiu:

— Sim, é isso... eu teria de ficar quieto por alguns dias... veríamos o que ela faria... Mas ficar assim, sem notícias, acho que não vou aguentar...

Élisa teve receio de que, no fim das contas, ele não seguisse seus conselhos; com voz um pouco oprimida, mas encarando-o com um olhar que pretendia lhe dar muita segurança:

— Tente – ela disse. — E, se de fato você não suportar a ausência, iremos no domingo à casa dos meus pais, você a verá, mas não estarão sozinhos. Trate de ter paciência, faça um esforço – e acrescentou, com a maior simplicidade de que foi capaz: – vou te ajudar a esperar...

Ele faz "sim" com a cabeça, ele aceita! Élisa o observa: já não tem força para dizer mais nem uma palavra, está derreado... Mas também aquela caminhada pela cidade, logo depois do trabalho... em vez de vir descansar em casa... Um homem como Gilles trabalha muito pesado, precisa ter uma vida regrada... Trabalhar, voltar para casa, comer, dormir, voltar para o trabalho... Senão o corpo não resiste... E, agora, é como se continuasse a trabalhar tendo uma doença grave... Mas vou curá-lo... vou curá-lo... ela pensa, e ao mesmo tempo diz com voz cheia de preocupação:

— Deveria estar deitado há muito tempo, Gilles... agora suba. Vá dormir...

Alguns dias se passaram calmos.

No domingo à tarde, Gilles fez a barba, vestiu-se com mais esmero.

— Então, vamos? – ele perguntou, pondo o casaco e o boné muito antes de Élisa se aprontar.

Com as crianças, não dava para andar depressa.

— A pé vai demorar... – ele disse –, eu pago o bonde, vou tirar o dinheiro do meu fumo...

Victorine chegou tarde em casa, Gilles não lhe perguntou de onde vinha, falou pouco, mal olhou para ela. Parecia orgulhoso de si mesmo, fazia para Élisa sinais de conivência.

Na hora de irem embora, quando a mãe de Élisa, querendo ajudá-la nas tarefas, lembrou-a de trazer sua roupa para lavar, Victorine interrompeu:

— Vou buscá-la na quarta ou quinta-feira.

— Não se incomode, eu mesma trago... – respondeu Élisa, vendo que Gilles não estava ouvindo.

— Não, ora, eu vou buscar.

Como Gilles se aproximava, Élisa não respondeu à última frase.

Já na terça-feira, ela estava com receio da visita de Victorine; à tarde, para que a moça não tivesse nenhum pretexto para vir, resolveu ir à casa dela naquele mesmo dia. Embrulhou rapidamente a roupa suja numa toalha, amarrou as pontas, deixou as crianças com a vizinha e se foi, sem esperar pela volta de Gilles.

— Ora, minha filha, não precisava se incomodar! Victorine disse que passaria na sua casa hoje, ao fazer um serviço para a loja... ela deve estar lá agora...

Há acasos tão desconcertantes que na hora é difícil admitir sua realidade.

Mas Élisa se recompôs depressa:

— Mãe, estou com pressa... as crianças... já vou indo, sabe.

Ela correu até o ponto do bonde.

XV

"Puta! Prostituta! Cadela imunda!..." Vou meter a mão na tua cara e dar com tua cabeça no chão... depois é só esperar... para ver o estrago no teu rosto... Ah! A cara agora que você fez há pouco... Por que não haveria de casar com ele! Por que não have... "Deus maldito, maldito..." E bato de novo... de punho cerrado, na tua testa, nos teus olhos, na tua boca... Você está sangrando... é como uma flor vermelha desabrochando no teu lábio e escorrendo devagarinho pelos dentes... Teus lindos dentes que querem morder meu punho cerrado... e isso não me machuca mais do que machucaria uma mordida de gato... Não tente gritar, há jardins nos separando das casas vizinhas... "Cale a boca! As portas estão fechadas!" Meus joelhos pressionam tuas coxas, meus cotovelos, os teus braços... e meus punhos se juntam na tua garganta... Você está completamente colada ao chão... sem que você conseguisse fazer um só movimento, eu poderia te possuir conforme a minha vontade... "Fazer amor com você? Prefiro isto..." E cuspo no teu rosto... espuminha quente carregada com minha raiva... Não tente se enxugar... não vale a pena, eu cuspo de novo... Aí está você, toda respingada, adorável sujeira... "Você não passa de uma prostituta, está me ouvindo, prostituta!" Arreganho os dentes, sofro, arquejo, te assusto... "Mas não vai se casar com ele, eu te mato antes!" Você segue meu olhar, que por um instante se detém no atiçador pendurado na barra do fogão... Não adianta se agarrar nas minhas roupas, eu vou conseguir... vou me arrastar pelo chão levando você junto... mas preciso de um tempo, não quero que você se solte... escape... E quero te bater mais... Desta vez foi um belo soco... a unha do meu polegar arranhou tua cara e arrancou uma risca de carne... Pode se debater, chorar, gritar, sangrar... Se você soubesse a alegria que sinto em te bater enquanto você se agita assim debaixo de mim... Eu te bato, te espanco, te estapeio, te esmurro, te arranho, te torço...

"Lixo... puta imunda!" Élisa ouviu isso ao passar debaixo da janela da cozinha. Em três passadas ela subiu a escada de tijolos.

Empurrou a porta, viu Gilles, figura monstruosa encurvada, e debaixo dele o corpo de Victorine, que parecia minúsculo.

Agarrou Gilles pelos ombros, afastou-o bruscamente para trás. Ajudou Victorine a se levantar.

— Onde está doendo? Foi muito grave?

Ela apalpava aquele pobre corpo descomposto, perplexo por estar livre.

Gilles estava em pé, sem mais nenhum gesto; ainda gaguejando de raiva, ele continuava resmungando injúrias, como que mecanicamente.

Élisa estava pálida, palidez que sob a pele morena parecia lividez. Empurrou Gilles até uma cadeira:

— Fique sentado, não saia daí.

Ela trancou a porta com duas voltas da chave, guardou-a no bolso do casaco, voltou até Victorine:

— Consegue andar? Então suba...

Deitou-a na cama, tirou-lhe o vestido. Equimoses por toda parte, o lábio superior inchado, uma esfoladura bem profunda na testa, mas em suma nada grave.

Élisa banhou com água fria as partes doloridas, pegou no armário do lavatório um frasco de tintura de iodo para o ferimento da testa. Victorine gritou mais do que o razoável.

— Agora – disse Élisa –, tente descansar. Não vai ser nada, garanto. Fique deitada... acalme-se... daqui a pouco eu subo de novo.

Esperou mais um pouco, apoiada ao pé da cama. Victorine gemia, chorava alto, resfolegando pelos lábios, como uma criança.

Na cozinha, Gilles estava tal como Élisa o deixara.

Ela pegou um copo, uma garrafa com um resto de genebra no fundo:

— Tome... recomponha-se.

Ela não acrescentou uma palavra. Ia de um lado para outro no cômodo, fingindo fazer seu serviço. Em dado momento, virou a cabeça: seus olhos estavam cheios de lágrimas... distensão, necessidade física de chorar. Arfou um pouco, controlou-se.

Voltou para perto de Victorine. A jovem estava se sentindo melhor, poderia se levantar, voltar para casa.

Sentada na beirada da cama, calçava as meias, estirando cuidadosamente a seda sobre as belas pernas.

— Que bruto! – ela disse. — Tudo porque lhe falei da minha intenção de me casar com o Maréchal! Realmente não entendo o que deu nele...

— Pois eu entendo... – disse Élisa baixinho.

Victorine levantou a cabeça, olhou espantada para Élisa, fingiu não entender o que a irmã queria dizer. Dirigiu-se até o espelho para ajeitar os cabelos e, ao ver seu lábio e sua testa:

— Que bruto! – repetiu.

Enquanto Victorine acabava de se vestir, Élisa desceu. Entregando a chave para Gilles, pediu que ele fosse buscar as crianças:

— Elas estão com Marthe... Fique lá um pouco...

— Sim – ele disse abobalhado.

Élisa subiu de novo até a moça e a fez sair pela porta que dava para a rua.

— Tenho medo de que você esteja muito fraca, vou te acompanhar por uma parte do caminho... Diga para a mamãe que você caiu na escada.

A moça não respondeu nada. Élisa foi com ela até o ponto do bonde.

Ao voltar, na cozinha encontrou Gilles, as gêmeas e Marthe com o bebê no colo.

— Achei melhor eu mesma trazer o bebê. Gilles estava tremendo tanto... parecia que tinha bebido! – disse Marthe, rindo.

Como não lhe responderam nada, ela se foi.

As meninas sentaram-se à mesa para comer. Cada gesto ruidoso que faziam, cada palavra que diziam pareciam insólitos.

Agora Élisa e Gilles estão sozinhos.

— Não vai comer, Gilles?

Então, a vida continua? Ele pousa na mesa as duas mãos abertas; com o rosto à mostra chora o que acaba de perder, com um feio esgar para que saiam as lágrimas de homem.

Sentada diante dele, Élisa desliza a mão sobre a mesa, encontra a mão de Gilles e, finalmente se entregando, mistura suas lágrimas às lágrimas daquele infeliz.

XVI

No dia seguinte de manhã, Élisa foi à casa da mãe. Victorine estava acabando de tomar café da manhã. Ainda com um pouco de dor, não tinha ido à loja. A mãe estava em pé, junto dela. Quando Élisa entrou, a velha senhora voltou a cabeça para ela:

— Ah!... aí está você!

O tom de voz surpreendeu Élisa. Ela disse hesitante:

— Victorine está melhor? Fiquei muito aborrecida com...

A mãe interrompeu com voz áspera:

— Em que estado seu marido a deixou!

Élisa olha desvairada para Victorine. O que ela disse? Terá contado a verdade? Sem levantar a cabeça, a jovem continuava a passar manteiga no pão lentamente.

A mãe sabe o que aconteceu na véspera, mas desconhece as verdadeiras causas da cena, pois volta a falar, no mesmo tom:

— Dá para imaginar uma brutalidade dessas?

O que ele tem contra esse Maréchal? Absolutamente nada! Pura necessidade de meter o nariz nos assuntos de família... Se esse casamento convém ou não, isso é problema meu e do seu pai... Um louco, esse Gilles... louco varrido! Sinto pelas crianças terem um pai desses! Se você o suporta, azar seu... Mas ele que não volte a pôr os pés aqui! E você, ontem à noite, não podia ter vindo até aqui? Não? De fato, você e o grosseirão do teu marido foram longe demais! Pensei que você tivesse mais coração! Francamente, tudo isso é demais para mim.

Lívida, com o corpo trêmulo, Élisa assiste à explosão daquela raiva. Com a cabeça baixa, os olhos esgazeados, impotente, submete-se à parte que lhe é destinada.

Num acesso de fúria, a velha senhora se aprumou, saiu bruscamente do recinto. Então, no estranho silêncio que acaba de se instalar, Élisa enfim fala, com voz triste, sufocada. Victorine disse que Gilles a espancara... Ora, ela não tem vergonha?

— Ah, sim... você queria que eu o inocentasse – zomba Victorine –, que eu contasse tua história de queda na escada... Ah! Era só o que faltava!

— Mamãe não ficaria nesse estado... Como você quer que ela entenda o que aconteceu? E depois – ela acrescenta com voz abafada –, para quem sabe da verdade, teria sido mais correto da sua parte...

— Verdade? Que verdade?

A respiração de Élisa se acelera, e, como que assumindo toda a vergonha de Victorine, ela murmura desesperada:

— Eu sei o que houve entre vocês... sei tudo há muitos e muitos meses...

Victorine olha para ela estupefata. Durante um longo momento, as duas mulheres ficam caladas. Élisa espreita uma palavra de remorso, um ímpeto de afeição... Victorine esperou todo esse tempo para finalmente dizer:

— Pois bem, minha cara, se você sabia do que estava acontecendo, poderia ter segurado seu marido em casa!

Élisa sufoca um grito. Quer falar, gritar seu ódio, seu desprezo. Não diz uma palavra, seus ombros vergam, ela vira para a porta um rosto morto: a mãe volta e, sem olhar para Élisa, vem sentar-se ao lado de Victorine.

Élisa olha para as duas, uma ao lado da outra. Com a mão, Victorine ergue os cabelos e em sua testa aparece, arroxeada, uma contusão.

— Coma, minha filha... você precisa, depois de tudo isso...

E a mãe, solícita, empurra o pão e a manteiga para a moça. E tudo bem. Élisa compreende. Tudo é lógico, normal, doloroso e imutável. Ela não tem nada a dizer, nada a explicar.

Desmascarar Victorine? Podia, diante daquela mãe, abrir seu coração vazio? Defender-se, explicar-se? Contar seu amor... mas com que palavras?

Quem quisesse compreender precisaria, vendo aqueles olhos ternos, escrutar aquele coração intumescido, debruçar-se sobre aquela carne amorosa, esquadrinhá-la, para descobrir em cada uma de suas fibras uma parcela do admirável segredo.

Mas ela está ali, sentada do outro lado da mesa, ainda olhando as duas mulheres juntas.

Nada mais tem a dizer... Nada mais a fazer ali. Seu lugar é outro, ao lado de Gilles. Como vai precisar ajudá-lo, apoiá-lo!

Élisa se levanta e olha para a mãe, imóvel. Por um instante fecha os olhos, reencontra em si mesma o contato daquela mão seca que, nas febres de criança, pousava em sua testa.

Caminha na rua com o olhar fixo, um pouco atordoada, com o grande xale preto flutuando sobre os ombros.

XVII

No fim do dia, Élisa contou a Gilles o que tinha acontecido de manhã. Ele a deixou falar sem interromper, com a expressão marcada por uma imutável desesperança, como se não ouvisse o que ela dizia. Finalmente falou:

— Desde ontem, tudo o que sei é que ela não me ama... além disso não sei o que vai acontecer...

Élisa se assustou e disse bruscamente:

— Você não deve voltar a encontrá-la! Nem para tê-la de novo nem para castigá-la... Está ouvindo, Gilles? – ela o sacudia, tentava atingir aquele cérebro açambarcado. — Você está como que perdido... Espere sua dor se acalmar, agora não faça nada além disso...

Ela acrescentou mais baixo:

— Você está muito infeliz... mas não está abandonado. Saiba de uma coisa...

Ela pareceu se recolher. Depois, modestamente, como se lhe oferecesse apenas um ligeiro consolo:

— Eu, eu te amo, Gilles. Eu te amo apaixonadamente... como sempre te amei, como se eu tivesse nascido para isso...

Ele a olhou com seu olhar vago, sem se alterar pelo abatimento. Lentamente, do fundo da memória, levantou-se uma lembrança: por que aquela e não outra? Um sábado no fim da tarde, depois do trabalho, está sentado no terraço de um café com três colegas. Os jovens operários, com uma piscadela, alertam um ao outro: "Olha aí, a bela Élisa!". Ela avança pela rua cheia de gente, passa perto deles, alta e meiga, seus olhos só se detêm nele, durante dias ele guarda no coração a chama daquele olhar.

E, como se, depois de meses, pela primeira vez voltasse a tomar consciência dessa mulher que vive a seu lado, Gilles diz:

— Sim, você me ama, Élisa... sei disso. E agi com você como um canalha...

— Se você mesmo está dizendo, é porque não é tanto assim... – ela respondeu com um sorriso forçado.

Ela achou que alguma ternura surgiria no rosto de Gilles, mas ele já abria os braços num gesto que significava: "Tudo isso não muda nada de nada".

Naquela noite ele não falou mais.

Os dias que se seguiram trouxeram uma chuva fria e copiosa. Ravinas estreitas danificaram os caminhos em declive do jardim. Encharcadas de água, as últimas flores do outono apodreciam sem murchar. Na frente da cozinha, na escada de tijolos, a parte mais baixa não tinha tempo de secar, a chuva a enchia incessantemente, atingindo a soleira baixa, infiltrando-se sob a porta. Élisa bloqueou a brecha com um velho saco dobrado. "É do tipo de chuva que dura muito", dizia a si mesma, contrariada pelo fato de as crianças terem de ficar fechadas na cozinha, irritando Gilles com seu falatório e brincadeiras. À noite, rajadas de vento e água entravam pela chaminé, rebatendo a fumaça que se erguia em forma de véus em torno do tampo do fogão. Quando se abria a janela, uma umidade gelada enchia o cômodo. Gilles e Élisa sentavam-se um perto do outro naquele ar confinado. Élisa pousava as mãos sobre as mãos de Gilles, que falava de seus pensamentos tristes.

Ela já não dizia nada de si mesma, de seu amor. Ouvia as longas queixas dele, só interrompendo com alguma palavra de consolo, um gesto de conforto. Mas todo o seu ser irradiava ternura. Sustentáculo vivo, seus olhos vigilantes... nada mais do que consolo oferecido, aquela terna carne palpitante... Élisa só se ocupava de Gilles, e Gilles, de si mesmo. Entretanto, Élisa se dizia que aquela solicitude constante, com a qual por um instinto sutil o cercava sem parecer impô-la, o ajudaria. E, de fato, ajudava.

Gilles estava melhor.

A chuva cessara, o calor reapareceu. Houve ainda algumas tempestades, trovoadas intensas e fortes. No fim da tarde, um sol vermelho inflamava o céu carregado, último sinal de um outono que morria com beleza

Os gerânios tinham voltado a florescer. Na cerca, uma rosa tardia se abrira. Élisa a colheu. Os vasos eram grandes demais para aquela flor única; colocou-a num copo, sobre a mesa, para quando Gilles voltasse.

Ao chegar, ele se sentava num dos degraus de concreto. Élisa ia a seu encontro, por um bom tempo ficavam lado a lado numa luz já evanescente. Ocasionalmente Gilles dizia, mostrando algum canteiro murcho:

— Na próxima primavera vamos semear ali umas resedás-de-cheiro.

— Sim... não são coloridas, mas o aroma é tão bom! – Élisa respondia com a voz carregada de alegria contida.

De repente o mal novamente o invadiu inteiro. Um dia, ao voltar da fábrica, ele encontrara Victorine. Não a abordara, ficara imóvel seguindo-a com os olhos, magoado com sua beleza intacta, seu andar despreocupado. À noite, chorou longamente, sem que Élisa pudesse fazer nada contra aquela dor ressuscitada. Ouvia os soluços fortes, espasmódicos, via novamente os olhos desvairados, a expressão aflita, sentia o coração devastado por uma única imagem. Como era possível que tanta fraqueza habitasse aquele grande corpo rude...

Gilles passou vários dias completamente abatido.

Uma noite, ela acordou, debruçou-se sobre ele, forma que mal discernia entre a brancura dos lençóis. Levaria muito tempo para curar Gilles. Muito tempo. Censurava-se por ter se alegrado depressa demais. Decerto ele reencontraria aquela calma parcial que conhecera nas semanas anteriores, para talvez voltar a perdê-la e recair no abatimento de agora... E assim incessantemente, durante meses... E se nunca se curasse? Se mantivesse aqueles olhos ausentes, a expressão sofrida, até o fim... O fim do quê? Teve medo. Voltou a pôr a cabeça no travesseiro, passou a mão na testa coberta de suor. Com um estranho pânico, sentiu tremer ao seu redor um grande mundo frágil. Soergueu a cabeça, arregalou os olhos: a escuridão tomava o quarto, não dava para saber se era imensa, ilimitada, ou se era bem pequena, restrita a si mesma.

Élisa debateu-se com aquela escuridão morta, repeliu aquela noite, com todas as forças invocou imagens tranquilizadoras. Uma campina florida pela primavera... um caminho campestre por onde passam operários assobiando e cantando sob uma luz azul... uma janela aberta para o verão triunfante... A vida...

Quando um sopro vivo lhe passou pela testa, algo muito suave amoleceu-lhe o corpo. Ela sentiu intacta, no fundo de si mesma, uma esperança à espreita. Voltou a adormecer, com o coração voltado para uma felicidade possível.

Aquela nova crise de desespero que Gilles acabava de atravessar foi como um último sobressalto de sua dor. Ele voltou à calma triste dos dias anteriores e, no fim do inverno, entrou numa nova fase. Não que manifestasse mais carinho por Élisa ou que parecesse definitivamente curado de Victorine. Continuava a sofrer e a se queixar, no entanto sem nunca mais citar o nome da moça, dor anônima que ele sentia como que por hábito, já sem saber o que a causava.

O inverno terminou sem que nada viesse turvar a esperança de Élisa. Às vezes ela se detinha em pleno trabalho, o gesto interrompido: uma alegria perturbadora a imobilizava; subitamente transfigurada, por um instante abandonava-se inteira ao êxtase de uma vitória muito próxima.

XVIII

Gilles semeou o canteiro de resedás-de-cheiro, as folhas cresceram com um verde insípido, grossas, sem graça. Todas as manhãs Élisa se debruçava no canteiro, verificava o progresso dos botões inchados, ainda não desabrochadas: logo se abririam, insignificantes, quase incolores, oferecendo como eflúvios seu encanto invisível.

Nenhuma resedá tinha florido ainda.

Gilles, com um sacho na mão, aproveitava as últimas horas de claridade para limpar um canteiro de alfaces novas. Levantou-se, subiu lentamente a vereda e sentou-se num banco encostado à parede da casa. Da janela da cozinha, Élisa o vira voltar. Desceu a escada de tijolos com o filho no colo.

— Veja só – ela disse – como ele já está andando bem. É só ajudar com o dedo...

Ele olhou com um sorriso distraído.

As gêmeas, já cansadas, instalaram-se perto de Gilles, uma à direita, outra à esquerda, cada uma apoiada num braço do pai. Élisa sentou-se num degrau de tijolos, aconchegou o bebê. O jantar estava pronto, fazia um tempo agradável, esperaram mais um pouco.

Não falavam. A escuridão caía lentamente. No ar morno da primavera nada se movia. Em algum lugar, no fundo da campina ou num jardim, uma criança falou: voz longínqua, quase imperceptível, que não perturbou aquela paz estranha.

Que nenhum gesto se esboce... que nenhum sopro se faça sentir... a hora é preciosa. Fim ou frágil começo? É como se alguma coisa fosse nascer ou morrer.

Aconteceu assim:

Quando Élisa estava prestes a apagar a lamparina noturna, Gilles a deteve.

— Espere um pouco – ele falou. — Preciso te dizer uma coisa.

Élisa voltou-se para ele e, apoiando o cotovelo no travesseiro, esperou.

— Eu a encontrei... – ele disse. — Ela, Victorine.

Ao ouvir aquele nome que ele não pronunciava mais, Élisa se alarmou. Gilles sorriu:

— Não se assuste... – e acrescentou com desdém: — Não teve nenhum efeito sobre mim!

Agora, Victorine podia tentar comovê-lo! Podia voltar, suplicar, arrastar-se aos seus pés, ele não se abalaria mais do que se fosse um bloco de pedra, afirmava.

Com os grandes olhos cheios de temor, Élisa fixava aquele rosto calmo, um pouco zombeteiro.

— Verdade mesmo, Gilles?

— Se estou dizendo, você sabe que pode acreditar...

Ela sabia... Não tinham voltado a falar no assunto, ela tinha percebido, de fato, que Gilles estava melhor... Isso não impedia que agora, ao ouvi-lo anunciar de repente que ver Victorine o deixara indiferente, ela tivesse levado como que um choque inesperado...

Gilles continuava falando:

Sim, tinha certeza de que já não a amava. Nunca tivera tanta certeza disso quanto ao vê-la havia pouco. Aliás, já quase nem pensava em tudo aquilo, e, se tinha voltado a falar no assunto aquela noite, era unicamente sob efeito daquele encontro e para que Élisa soubesse o que ele havia sentido. A que estado ele se permitira chegar por causa dela! Daquela garota de nada... Ah! Dava-se conta de seu erro... Estragara toda a felicidade que, amando Élisa, ele tinha... Agora nada mais o entristecia nem alegrava, sentia apenas uma grande indiferença. Tinha a impressão de que doravante seria sempre assim: não conheceria mais a dor e nunca mais sentiria alegria nenhuma. Às vezes se sentia um pouco desamparado, mas não sofria por causa disso e não desejava que nada mudasse. Achava que assim tudo era muito mais fácil.

— Sim... é como se ao meu redor não acontecesse nada... ou como se eu tivesse um corpo vazio... – explicava.

O coração de Élisa batia acelerado. Com a cabeça meio perdida, ouvia Gilles ainda sem entender bem o pleno sentido de suas palavras. Ele se calou. Quando ele se virou de lado para dormir, Élisa voltou a pôr a cabeça no travesseiro. Aos poucos se tranquilizou, quis render-se lentamente à realidade. Repetiu dentro de si mesma as frases de Gilles:

"Agora, tudo o que diz respeito a ela não me abala mais do que se eu fosse um bloco de pedra... Ela pode voltar, ir embora, desaparecer, para mim tanto faz..."

Ela se detém, perturbada por uma emoção muito grande: Gilles está curado... Ela chegou ao minuto tão esperado! O hoje morre, finalmente... A partir de agora, amanhã será outro dia que não a véspera... Livre, poderá viver de novo... Livre... Viver...

Ela treme, perde o fôlego. Como a alegria pesa para aquele coração ferido... Num só pensamento ela junta suas dores passadas e pela primeira vez lhe parecem pesadas demais e seus ombros fracos demais... Está cansada, finalmente chegou ao fim do calvário... Tão cansada...

Mas, no limite das forças, ainda consegue sorrir no escuro. Está livre... Gilles está curado... a vida começa de novo...

Viver... Viver! A partir de amanhã. Amanhã...

Naquela noite ela tem apenas uma necessidade esmagadora de descanso...

Dormir... Ela desliza devagarinho até encostar naquele outro corpo que está ali, tranquilo; e sua cabeça pousa pesada no ombro do bem-amado.

Dormir... nada mais a não ser dormir... durante dias inteiros... assim, encostada ao ombro de Gilles...

O dia amanheceu. Clarões indecisos deslizaram para dentro do quarto, clarearam o contorno da janela, afloraram tristemente o belo rosto exausto.

Haveria mãos suficientemente ternas para embalar aquele corpo?

Lábios suficientemente amorosos para acolher aquele precioso despertar?

Gilles já se levantara havia um tempo e se lavava fazendo um barulhão de água. Élisa acordou, constatou que estava atrasada. Preparou o café da manhã rapidamente, com gestos habituais, inconscientes, a cabeça ainda carregando um sono pesado, interrompido cedo demais.

— Lisa! Até à tarde! – ele acenou com a mão, saiu e puxou a porta.

As gêmeas foram para a escola. Élisa ajeitou o pequeno Gilles na cadeirinha, subiu para o quarto.

Ainda não tivera tempo de se pentear. Desembaraçou os cabelos, pretos e brilhantes, eles emolduraram o rosto pálido e magro. Cabeleira vasta, longa, imensa, pesada demais para aquela pequena cabeça extenuada.

Lembra-se da noite, sua estranha exaltação, sente aquela alegria morta. No entanto, Gilles está curado... não é motivo para se alegrar? Acaso Gilles não dissera que já não amava Victorine, que dela nada mais o afetava? Sim... mas ela se ateve a isso, e ele disse muitas outras coisas... Frases cujo pleno sentido ela ainda não entendera mas que já a feriam. "É como se nada acontecesse à minha volta..."

Não... sua tarefa não terminou... a imagem de Victorine apagou-se do coração de Gilles... e agora resta-lhe reocupar aquele coração vazio... Todo o amor de outrora ainda está por reconstruir...

Ela se abaixa para pegar um pente, levanta a cabeça depressa demais e estranhas estrelinhas douradas incendeiam seu olhar. Senta-se, fica imóvel por um momento, com as mãos cruzadas sobre o vestido, os olhos fixos. Gilles... o amor de Gilles? O amor de Élisa...? Há alguma coisa murcha em seu coração.

Levanta-se, anda lentamente pelo quarto. O que tem de fazer agora de manhã? Enxaguar a roupa, pendurá-la no sótão... Lavar o piso da cozinha... lustrar os cobres... comprar legumes... Mas o que significam todos esses gestos? Ao seu redor só há coisas mortas. Ela passa diante do espelho, vê seus cabelos soltos, junta-os com mão distraída, sem trançá-los, num coque pesado, difícil de prender.

Desce, e suas mãos começam o trabalho inútil.

Meu amor... onde você está, meu amor? Em lugar nenhum. Estava em mim, eu era só você. Meu amor? Nada. Não sou nada. Aparências, miragens, esperanças, diversões instáveis do mundo... a vida se escoa... Onde está você, Élisa? Aqui... minhas mãos mergulham na água fria, tiram e torcem o pano azulado... e a roupa pesada e molhada no cesto de vime se amontoa... a vida se escoa... Mas quem é Élisa? Não reconheço esta mulher... não sou nada. A mulher de Gilles? Ah, meu amor, por que me abandonou...

Ela ergue o cesto cheio, apoia-o no quadril. O filho a chama, ela não se volta, sobe lentamente os degraus.

O sótão, já aquecido pelo sol, cheira a pinheiro morno. Ela pousa o cesto, esboça um gesto, deixa cair o braço.

Pegar a lata cheia de prendedores de madeira... Tirar as peças de roupa do cesto, uma por uma, e prendê-las nas cordas... E depois? Outra tarefa... Por quê? Com que objetivo? Por nada, para nada. E, no fim do dia, o que vai acontecer? Nada. E amanhã? A mesma coisa que hoje. Pendurar toda a roupa! Não... nunca vai conseguir. Melhor esperar. Esperar que aconteça alguma coisa... No fim da tarde?

"Boa tarde, Élisa.

Boa tarde, Gilles.

O jantar está pronto?

Sim, pode comer. Você me ama, Gilles?

Não, Élisa. E você, Élisa, você me ama?
Não sei, Gilles."

Em pé ao lado do grande cesto de vime, ela está imóvel, atordoada. Os cabelos mal presos soltam-se pela nuca. Oh! Não perca a coragem, Élisa! Nada mudou em você... Aceitou tanto dos outros, sem nunca odiar, sem nunca punir, sem renunciar por um único dia... Aceite para você, hoje, esse momento de fraqueza. Deixe sua carne extenuada recuperar as forças... Em alguns dias vai entender que teu amor não se foi... vai reencontrá-lo intacto, forte, imutável... Espere alguns dias... algumas horas... Já ao entardecer, ao ver aquele corpo musculoso aparecer de roupa de veludo no vão da porta, talvez você volte a sentir aquela ternura imensa que te imobilizava, agarrada com as duas mãos à barra de estanho do fogão. E talvez Gilles, irradiando um amor reencontrado, se aproxime e te beije suavemente na testa, como no primeiro dia... E mesmo que agora, aqui, só existissem para você coisas mortas! Pode ser que te seja dado realizar em outro lugar tua necessidade de amor e de vida... Coragem, Élisa! A vida está por toda parte... Espere... não se entregue... Espere! A vida está prestes a renascer...

Mas ela não pensa, não ouve nem vê. Só sente à sua volta um vazio estranho. Não, nem que seja por um só dia, ela não consegue viver sem aquele amor.

Élisa avança, com os braços esticados, tateando num mundo morto em que não se acha. Pela janela baixa do sótão veem-se ao longe os altos-fornos queimando a toda chama, a toda fumaça. Élisa não olha para fora. Ergue as mãos, agarra-se à esquadria, sobe no estreito parapeito de madeira. Ela é alta, para não tocar nas vigas do teto precisa curvar um pouco a cabeça. Por um instante, apoia a face no gesso da parede, está de olhos fechados, a fisionomia serena e quase sorridente. A janela está aberta, um vento leve de primavera desliza pelo campo, vem morrer debaixo da saia longa de Élisa, faz sua barra ondular suavemente nos tornozelos.

Sempre de olhos fechados, deslizará a cabeça devagarinho pela borda de gesso, depois por baixo da esquadria da janela. Vai inclinar-se um pouco. E, num longo gesto, soltará as mãos que a sustentam, apaixonadamente.

Marthe estava no jardim vizinho. Com o barulho do corpo ao cair, voltou-se e soltou um longo grito.

Acudiram, debruçaram-se sobre Élisa sem ousar tocá-la. Marthe se levantou, com as mãos crispadas tocou no braço do filho:

— Vai depressa, corre... – ela disse com voz horrível –, vai buscar o Gilles...

O rapaz voltou para a mãe os olhos perplexos e, como se não estivesse entendendo nada, murmurou:

— Gilles...?

— Sim, Gilles... o homem de Élisa! – Marthe gritou.

Ela ainda respirava; diante dessas palavras houve um longo frêmito de seus membros quebrados. Foram as últimas palavras que Élisa ouviu.

Posfácio
MICHEL THORGAL

Madeleine Bourdouxhe não só pertence à espécie rara de escritores que preconizam o gosto pela escrita como um momento feliz entre outros: seu prazer ao escrever é tão prioritário para ela que a dispensa de entrar em concursos de fama.

"Sempre gostei de escrever", ela dirá. "Já aos 12 anos, enchia cadernos inteiros com histórias, anotações... Claro, sempre escrevemos um pouco para os outros, mas percebo que coloquei o prazer de me expressar de acordo com meus sentimentos bem acima da preocupação em ser publicada. Nunca batalhei para encontrar um editor. Uma vez o livro escrito, eu deixava de me interessar por ele. Por isso, nada fiz para que *Le Voyageur fatigué* e *Mantoue est trop loin* fossem publicados." Como uma criação singular por sua atitude poderia deixar de abordar com a mesma singularidade um tema tão comum quanto o ciúme? Embora não seja autora de uma obra única, Madeleine Bourdouxhe soube tão bem se resguardar de confundir a graça da escrita com o que, no mais das vezes, a estraga – a busca de reconhecimento e prestígio –, que ela confere naturalmente a uma intriga, extraída do que a vida cotidiana oferece de mais banal, uma intensidade da qual é difícil o leitor se desprender.

Um primeiro romance, *Vacances*, ainda está em análise na editora Grasset quando Paulhan se entusiasma por *A mulher de Gilles* e, imediatamente, o edita pela Gallimard. A acolhida calorosa da crítica não incitará Madeleine Bourdouxhe nem a retomar *Vacances* nem a editá-lo.

Durante a guerra, ela se recusa a publicar em editoras controladas pelos nazistas. (*À La recherche de Marie* seria lançado em 1943 por uma editora que, justamente, escapava a esse controle.) Tampouco tentará oferecer para outras editoras *Mantoue est trop loin*, incialmente aceito pela Gallimard, depois recusado devido a mudanças burocráticas internas. Ela se desinteressa pelo destino da obra, julgando que não havia razão para entrar no labirinto dos procedimentos mundanos.

Numa república das letras em que os indivíduos, em sua maioria, se conduzem como cortesãos do poder vigente, ou do poder antagônico que cedo ou tarde o sucederá, nada proíbe que se perceba como um eco da proposição sempre nova de Lautréamont o fato de que a poesia seja feita por todos, não por um só. Sobre as ruínas da Arte separada da vida, uma nova escolha se esboça, o puro prazer de criar, recusando toda falsa aparência, enfim, uma alegria de escrever incomparável e que busca um fim apenas em seu desenrolar.

AS SOMBRAS DO AMOR

Reduzir *A mulher de Gilles* à simples análise do ciúme é limitar-se a um julgamento um tanto superficial. Se o leitor assiste à vivissecção paciente e cruel de um sentimento que está entre os piores reversos do prazer de amar, pelo menos não deve perder de vista que a vivissecção do ciúme já é a autópsia do amor.

Curiosamente, não são os excessos do sofrimento, na verdade, que conduzem Élisa ao suicídio, mas a calma súbita no olho do furacão. Não se morre de amor. Morre-se de sua ausência. E amar se inscreve a tal ponto no círculo banal da extrema raridade que os próprios ferimentos são facilmente considerados uma graça prioritária. O ferimento em carne viva ainda sabe exaltar, em suas múltiplas cicatrizes, a prova de sua vivacidade. As alegrias, em sua maioria, são apenas trégua.

Élisa não é a única nem a primeira a se contentar com as sombras do amor. Encontra nelas um refúgio para se proteger do ardor insatisfeito que a inflama; um pouco de frescor que a alivia de um sol interior, de raios escurecidos por tanta dissimulação.

A paixão está onde nunca deixou de estar, na raiz da vida, mas enterrada sob um recalcamento arcaico. Condenada por séculos de castração, ela aprendeu a se esconder, a emergir na angústia noturna, a bater em vez de acariciar. Sua mutilação social a ensinou a mutilar também. De modo que, por toda parte, só se celebra do amor sua velha pele cheia de cicatrizes.

Entretanto, sob o fluir pastoso das misérias cotidianas, a fonte inesgotável fornece água fresca. Há momentos em que a vida se revela a céu aberto, lembra sua presença fundamental. Acontece de Élisa estar inteira em seu "belo sorriso profundo, seus gestos ao mesmo tempo atentos e doces, seus grandes olhos escuros que pousavam nos outros olhares luminosos e sorridentes" (p. 30).

Às vezes a ordem se restabelece tal como cada um a sente em si, a vida vence tudo o que a obstrui em nome de preconceitos absurdos chamados de necessidades.

Como às vezes fazia, ele acariciou o tecido da blusa e ergueu seus belos seios com um gesto lento da mão.

Com a cabeça apoiada em seu ombro, ela não se mexia, com inesperado bem-estar. [...] (p. 42)

Agora tinha vontade de não sair mais do lugar, de não pensar mais, de ficar assim, aconchegada nele, e de cair no sono no instante em que entreabrisse os lábios em seu pescoço para aqueles beijinhos molhados que ela lhe dava de tempos em tempos.

Movimento da mão de Gilles, beijos de Élisa, carícias habituais que de repente reatavam o presente com o passado terno, seguro, em que cada minuto, cada palavra, cada gesto eram benfazejos. (p. 43)

[...]

Ah! Que todos os dias da vida sejam iguais a este... dia feito de pequenas alegrias justapostas. [...] Instantes aparentemente insignificantes cujo segredo Élisa captou. Muda, abandonada, ela os possuiu até o inefável. (p. 99)

E Gilles, dominado pelo amor de Victorine, dirá primeiro: "É como uma fogueira, uma fogueira enorme...", antes de recuar, sob efeito da velha maldição que identifica a paixão amorosa com um instinto animal, e de corrigir, num sentido em que se assume risivelmente a pretensa condição humana: "Ou como uma fúria..." (p. 88).

Tudo é disposto pela sociedade para que a parte essencial da vida tenha cor de doença e de morte. Que estranha civilização é essa em que o homem se torna desconhecido de si mesmo! Nela repete-se à saciedade que o amor torna o indivíduo tolo, *igual a um animal*, que o amor cega, aliena, leva à loucura. Tanto que é considerado "natural" que, tal como Élisa, cada um se sinta "ancilosada por seu amor grande demais" (p. 107) e acabe por se resignar a viver da paixão viva apenas suas múltiplas reversões. Quase sempre, o que é o amor senão aquilo que o nega e que tomou seu nome?

Uma segurança, um exorcismo contra o isolamento. Para Élisa, amar é ter alguém em quem se apoiar, uma pessoa sem a qual não se é nada. A própria Victorine renuncia ao amor de Gilles e à libertinagem para escolher uma condição segura, o casamento com um dono de loja.

Se o desejo é incitado a se monetizar, o pagamento não é necessariamente em dinheiro. Há algo mais sutil e mais comum: uma vontade de poder e de apropriação.

Em que pensa Élisa no momento em que Gilles a deseja? "Neste momento ele está te dando atenção, apesar de tudo... e você sabe que logo, sejam quais forem os pensamentos dele ou os seus, você é que será dona dele..." (p. 44).

No homem, a relação de força se afirma mais brutalmente. Gilles, ao falar de Victorine, diz cruamente: "Ela é minha... quero que seja minha... Ela me pertence, maldito Deus, ela disse no começo..." (p. 89).

É fato que, como esposa, Élisa lhe pertence por direito. E Élisa tem a intenção de fazê-lo retribuir essa pertença. Estátua muda e dolorosa da reprovação, ela lembra a Gilles que o senhor tem deveres para com seu súdito, alimenta nele a culpa, a vergonha. Assim, aos poucos, o sofrimento se equilibra, o medo circula de um para o outro.

Terror e frustração envolvem o amor com seu

manto de chumbo. Se o peso fosse tirado, a muitos o amor pareceria subitamente marcado pela frivolidade e como que inconsistente. Ao desejar Victorine pela primeira vez, Gilles sente subir-lhe "um grande pânico que lhe tomava todo o corpo" (p. 12).

E, em sua própria aflição ("Gilles já não me ama... Como o mundo é triste..." [p. 45]), Élisa se exalta ao redescobrir, até a extrema sensualidade, um desejo trazido à tona pelo aniquilamento que o ameaça: "Nunca Élisa o observara tão detidamente, nunca o amara tanto nem desejara com aquele arrebatamento tão trágico, aquela longa angústia de todo o seu corpo. Estava ali, com as costas na parede, tensa, a carne um pouco úmida, os seios rígidos" (p. 112).

Como estamos longe da afirmação de Garance em *Les Enfants du paradis*: "O amor é tão simples". Aqui, por um desvio que o hábito transformou em norma, a paixão se conforma em existir apenas graças à sua ausência, ao seu perigo de morrer. Obrigatoriamente, a alegria de amar está condenada à angústia de se extinguir, a tal ponto que a angústia prepara a cama com uma complacência servil.

Mais ainda, a ternura e as carícias suscitam menos interesse do que seu esquecimento ou sua sombra de morte.

Batendo em Victorine, Gilles invoca o amor num paroxismo de inversão, que para ele é mais verdadeiro que o amor: "Pode se debater, chorar, gritar, sangrar... Se você soubesse a alegria que sinto em te bater enquanto você se agita assim debaixo de mim... Eu te bato, te espanco, te estapeio, te esmurro, te arranho, te torço..." (p. 121).

Embora aqui seja atingido o inverso absoluto do amor, aquilo que o mortifica e mata, é ainda com a paixão do amor que a vida se desfaz. Pois tudo é melhor no sobressalto em que cada um se esforça para existir um pouco por si do que essa morte inevitável, friamente instilada, que é a ausência de amor, o congelamento súbito do único sol verdadeiro da vida.

Quando chegar, na serenidade enganosa dos ciúmes extintos, dos ódios dissolvidos, dos ferimentos cicatrizados, a plácida e assustadora incerteza de que ela já não ama Gilles e de que Gilles já não a ama, Élisa, deixando-se deslizar para a morte, não fará mais do que acrescentar sua constatação à banalidade consternadora que nos emocionou o tempo todo e da qual Malcolm Lowry fez a chave de seu romance *Debaixo do vulcão*: "ninguém pode viver sem amor".

A GEOMETRIA PATRIARCAL

Carregando essa tristeza comum, que é a vida tal como ninguém nasceu para vivê-la, Élisa detém ainda por cima o privilégio de ser valorizada como esposa e mãe para ser mais depreciada como amante. Mais de vinte anos antes de a literatura de pretensão militante elaborar os autos da alienação feminina, Madeleine Bourdouxhe não precisou de nenhuma filosofia para contar, em sua brutal simplicidade, o que foi e o que continua sendo, em certa medida, a sina da mulher.

"'Cinco horas... Logo ele vai chegar...', Élisa pensa. E diante dessa ideia não consegue fazer mais nada. [...] É todo dia a mesma coisa. Gilles vai chegar dali a alguns minutos: Élisa é apenas um corpo sem força, com a doçura aniquilada, a languidez dissolvida. Élisa é apenas espera" (p. 5).

Assim começa a narrativa.

> — Vai depressa, corre... – ela [Marthe] disse com voz horrível –, vai buscar o Gilles...
> O rapaz voltou para a mãe os olhos perplexos e, como se não estivesse entendendo nada, murmurou:
> — Gilles...?
> — Sim, Gilles... o homem de Élisa! – Marthe gritou.
> Ela [Élisa] ainda respirava; diante dessas palavras houve um longo frêmito de seus membros quebrados. Foram as últimas palavras que Élisa ouviu. (pp. 143-144)

Assim ela termina. Élisa, que nada mais é do que a mulher de Gilles e a mãe de seus filhos, precisa passar pela provação da morte para que Gilles se torne o "homem de Élisa". Essa foi a lei, estabelecida milênios atrás, pela organização patriarcal da sociedade. Uma vez que tudo está submetido à economia, tudo deve submeter-se ao homem, o único produtor, seja ele aquele que organiza o trabalho ou aquele que é seu escravo.

"Ela esfregou, lavou, limpou durante o dia todo, e preparou uma sopa grossa para o jantar — não é costume do lugar comer demais à noite, mas ele precisa disso, pois na fábrica só almoça fatias de pão com ovos" (p. 5).

Curiosamente, o trabalho dela não existe como trabalho. É o dever cotidiano da esposa e da mãe. É uma marca distintiva, de certo modo um privilégio, que a exclui, honrosamente, do que é considerado a Verdadeira atividade, a atividade lucrativa. Seja o que for que ela faça, só pode tratar-se de passividade. Mesmo no amor, acaso não é seu papel esperar o gesto de chamado do grande macaco macho?

> Deixa-se tomar, dócil e doce, fascinada pela alegria que ilumina o rosto debruçado sobre ela, e quando Gilles, preocupado por um primitivo orgulho masculino, lhe pergunta desajeitado se ela teve prazer, responde com toda a boa-fé, sem conceber que seja possível imaginar para si outra alegria que não a de poder oferecê-la a Gilles. (p. 9)

Não há nada que ela não sinta dever a Gilles, nem mesmo o filho. "Carregava com orgulho, bem ressaltado, aquele novo peso que lhe vinha do corpo de Gilles" (p. 19).

Ela só tem existência pela sombra do homem. Teve seu tempo de amante, apenas o necessário para alçar-se à condição de esposa e mãe. Quanto a Victorine, que acreditou exercer o papel de amante sem seguir o caminho do casamento, por mais que ela seja a rival de Élisa e lhe tire o amor de Gilles, também deverá escolher entre as duas garras da tenaz astuciosa: ou puta ou esposa.

Entretanto, se Élisa sofre o abandono de seu senhor como mãe e esposa, não será antes de tudo porque um dia ela se resignou a ser abandonada como amante, a entrar como vestal conjugal no templo sufocante da família? Ao compreendê-lo, deixando por sua vez esposo e filho, tantas portas se fecharão uma a uma, de renúncia em renúncia, que a única solução será a morte.

Outras se contentam com uma morte mais discreta, um simples sacrifício, perpetrado a cada dia, em que se despojam da vida que poderiam conhecer se seguissem os próprios desejos. Mas tão luminoso, tão exemplar é o destino da mulher de Gilles que ele erige, em sua simplicidade, como que uma estela à condição feminina, da Antiguidade a nossos dias.

O INSUPORTÁVEL AQUI E O IMPOSSÍVEL EM OUTRO LUGAR

Ora, o homem é apenas o senhor risível e patético de suas próprias impotências. Sua paisagem de terra e de fumaça deletérias é obra sua e lhe cospe na cara sua poluição e seu tédio detestável. A vida verdadeira está em outro lugar, pois nada autoriza a reconhecê-la nos gestos mecânicos da vida cotidiana. E, como se já não estivessem no exílio de si mesmos, Gilles e Élisa vão sonhar em outras terras, aspirando, até mesmo sem acreditar, a trocar por um exílio dourado os desertos aos quais os atraiu a arcaica e lancinante promessa de felicidade.

Tudo é de tal modo disposto na dialética do desespero que amanhã o inferno de ontem se chamará paraíso. O encanto idílico que envolve o primeiro capítulo, com a volta do homem amado, a presença das filhas, o lar aconchegante das pinturas holandesas, tem reflexos enganosos. Seu lugar é na nostalgia, é feito para a lembrança e o golpe de misericórdia. Se não houvesse o drama da solidão e do marido infiel, haveria a doença, o acidente, a morte. Esse é o *leitmotiv* que a história e a educação que o repetem fazem penetrar como uma farpa definitiva na consciência.

Mas, se analisarmos mais detidamente esse primeiro capítulo, as cores da ilustração aos poucos se apagarão, revelando uma estrutura de tons cinzentos. "Esfregou, lavou, limpou durante o dia todo [...]. É todo dia a mesma coisa" (p. 5). "Ao acordar, Gilles vai fazer amor. No domingo de manhã é sempre assim: tem o tempo todo pela frente e não está exaurido por uma jornada inteira de trabalho. Nos outros dias há pouco espaço para o prazer" (p. 9).

O que há de surpreendente em que tal monotonia secrete uma aspiração à transformação; e o que há de mais conforme à ordem secular das coisas do que o fato de tal transformação quase sempre fazer parte de acontecimentos dramáticos?

É nisso que se enraíza a porção de sonho, o paraíso mítico tão bem manipulado pelas religiões, a prescrição revolucionária dos amanhãs que cantam, a sociologia dos lazeres e seus confins consumíveis. A ignorância impede Élisa de cair na armadilha política; velhas superstições a levam à igreja, onde um bruxo, desprovido de toda imaginação, incita-a a suportar, a ter paciência, a se resignar e, ainda por cima, a fazer penitência. Há nela vida demais para que ela se incline sob o jugo mortífero e mórbido da cruz. No ardor que a anima do fundo de si mesma, com uma sensualidade que tantas interdições envergonham, descobrirá o caminho das ilhas afortunadas, do país em que Gilles e ela, um dia, pensaram em se instalar, a Itália.

Havia um bairro construído especialmente para os operários, uma casinha bonita, muito clara, ficariam morando lá sem pagar nada, e cada um teria seu jardim... E, depois, que clima! Sempre havia sol, tanto no inverno como no verão. Frutas... uva a 1 franco o quilo, e flores aos montes.

— Mimosas plantadas direto na terra? – perguntara Élisa.

— Pois é, talvez... Por que não...? (p. 53)

Mas acaso ambos não percebem que arrastamos conosco nosso próprio exílio, por mais longe que nos levem nossos passos? Se há um direito à aventura, acaso não é na própria paisagem em que estamos enraizados? O grande sopro da mudança possível vale mais do que todos os climas do mundo. Ele dissipa as brumas paradisíacas da evasão, rompe a corrida desvairada das escapatórias.

— Gilles, você também não está com vontade de ir! Nós não vamos! Não é? Vamos ficar aqui!

Depois foram para a janela e por um momento ficaram assim, ombro a ombro, diante da janela escancarada para o ar venenoso: cada um, numa só olhada ao redor, percorrera aquelas paragens que quase tinham perdido. (p. 55)

Ora, nada mudará, nem na casa de Élisa nem na vasta casa do mundo. Na época em que Madeleine Bourdouxhe escreve, a revolução soviética, já corrompida de início pelo bolchevismo, acabava de se deteriorar sob as botas de Stálin. Na Espanha, o comunismo arrasa as coletividades aragonesas e, com seus lençóis ensanguentados, prepara o caminho para a concorrência franquista. Apanhados pela armadilha de suas frustrações sexuais e de sua vida mal vivida, milhões de Gilles e de Élisa vão se dilacerar militarmente na exaltação terrivelmente vazia do fascismo, do estalinismo ou do liberalismo. E eis que, para além das literaturas pontificantes do pós-guerra, que continuam a militar e a dissimular debaixo da barafunda ideológica o que não passa de ferimentos de amantes decepcionados e da vida proibida, a simplicidade de uma narrativa como *A mulher de Gilles* traduz com brutal evidência a verdade de uma época, aquela cuja importância se percebe melhor agora que a valsa das ideologias caiu na cacofonia e que, sob a ruína das ideias, o pouco de vida aparece, na escassez e na riqueza possível, como a única coisa que conta no coração de cada ser humano.

> Ah, poder ver nascer outros acontecimentos, diferentes destes de agora! [...] Terras avermelhadas e pantanosas, campos dourados, pobres ou cobertos de neve. Colinas suaves e verdejantes, montanhas áridas e azuladas. [...] Ir de um mundo para outro... É isso o mundo? Não será, antes, uma coisa minúscula, invisível, confusa, refugiada no fundo de nós mesmos e que sempre levamos conosco...? Estar longe... estar aqui... não é, Élisa?

Talvez ela não pense com essas palavras, entretanto é exatamente isso que expressa com aqueles longos suspiros profundos, aquela imobilidade carregada, aqueles olhos pesados que se fixam num dos botões de estanho do fogão. Cada um tem sua maneira de pensar. (p. 60)

O fato de essa "maneira de pensar", resultante, não das ideias dominantes recebidas e impostas, mas de uma espécie de reação gestual em que o corpo se sacode e quer se desvencilhar de seus grilhões, vir hoje confirmar a inanidade dos sistemas de pensamento e de sua retórica não é dos menores méritos de uma obra considerada pouco significativa pela moda intelectual de meio século.

Aqui, a crítica da vida cotidiana transparece em estado bruto. Isenta de qualquer esquema conceitual, ela não se limita a tomar por mudança real o que é apenas um pensamento em mudança. Se o corpo não atinge a plenitude do amor, ele se destrói: tudo o mais é apenas futilidade literária. Esse é o sentido — não a mensagem — de acordo com o qual se ordenam personagens cuja banalidade nos é muito familiar. Não há senão a vida ou a sua ausência; o tédio do repetitivo: "Nenhum ponto de referência povoa o tempo que se foi, nenhuma alegria distingue um dia do outro. Apenas o lamentável, sempre o mesmo" (p. 103); a série de frustrações agressivas e ressentimentos: "'Hoje ele está com cara de mau humor'... Bruscamente a mão de Élisa bateu no rosto da criança" (p. 107); o julgamento social e a culpa: "'Que história, quem diria... E com certeza ela sabe. Dá para ver pelo jeito dela...' [...] Élisa esperou um instante; a outra mulher respondia: 'Pois eu acho que, se ela admite isso, é porque não vale mais do que eles'" (p. 108); a solidão e a comunicação impossível: "Que alguém a ouça e saiba o que lhe pesa assim no coração! Que alguém a aconselhe e a console! Mas com quem falar? Nem com a mãe, nem com a irmã, nem com o marido..." (p. 75). "O que ela esperava era uma ajuda para reconstruir sua vida terrena..." (p. 79).

Nunca houve nada a não ser a morte, sob todas as formas, para responder a tal espera.

Será assim até que dê em cada um a vontade de garantir seu próprio destino, deixando de se entregar aos outros.

UMA TENTATIVA DE ESCRITA SENSUAL

O projeto de tratar literariamente do tema do ciúme abria-se, na época, para duas possibilidades: uma já experimentada, o populismo, e a outra ainda no estado de esboço, o intelectualismo de virtude filosófica ou de natureza descritiva, como seria desenvolvido pelo *Nouveau Roman*.

O fato de *A mulher de Gilles* não pertencer nem a um nem ao outro gênero deve-se, sem dúvida, ao estilo de análise do ser vivo que não se amolda nem ao sentimentalismo (como na obra de Charles--Louis Philippe e, também, de Céline) nem a uma pedagogia (ou a um pedantismo) do pensamento e do olhar (como em Sartre ou Robbe-Grillet).

Se existe, à primeira vista, uma certa candura na escrita, ela não faz parte de um propósito de originalidade, mas está ligada à vontade da autora de traduzir diretamente a sensação universalmente experimentada de uma vida entravada além do possível, abespinhada a ponto de passar a destruir a paixão que ela não pode investir em sua realização.

O meio proletário, no qual Gilles e Élisa se debatem, sempre apresentou, em relação aos lugares comuns da burguesia, a vantagem de sentir a alienação em estado bruto, sem os meandros comedidos do intelectualismo, sem os argumentos equivocados do progressismo dominante; pelo menos enquanto sua tomada de consciência, no ardor da revolta, não se extraviou na atuação política. Élisa ignora a luta revolucionária, e é lamentável para ela, se é que a luta pela Revolução pode resolver seu problema. Mas, se a adesão à bandeira vermelha ou preta não está à altura de ajudá-la a viver melhor, então o que importam os discursos sobre a nova sociedade? Nenhum futuro aliviará seu presente. Além disso, quem não enriquece seu presente só tem a esperar um futuro de miséria.

Essa sua maneira de se manter forte aqui, em seu corpo, na imediatidade, tem a simplicidade do badalo batendo no sino e a complexidade de suas ressonâncias. Élisa não é mais do que sentido em guarda.

Aproxima-se dele, aspira em suas roupas um cheiro forte de suor, de ferro, de óleo, de trabalho: o cheiro de Gilles... Roça a bochecha macia na pele dele, sem barbear: a bochecha áspera de Gilles... Os cabelos de Gilles... a boca de Gilles... os olhos de Gilles...

— Gilles... – ela diz, nome curto e molhado como um sussurro, e quando o pronuncia a saliva enche-lhe a boca, umedece-lhe os lábios curvos, às vezes extravasa para as comissuras em duas bolhas minúsculas. (p. 6)

O amor se expressa como uma totalidade corporal, não nos gestos nus do erotismo, mas num universo de correspondências. A boca e o olho não pertencem nem à cabeça nem ao sexo, mas a uma fusão sensual em que as distinções são abolidas; um mundo úmido e quente, que é o das origens fetais e do encontro passional. Seu contrário imprime também, por toda parte, a marca de seus ferimentos.

"E aquele outro dia em que ele voltou com um leve hematoma no lábio cuja marca permanecerá no coração de Élisa por muito mais tempo do que no lábio de Gilles" (p. 62).

Em cada aventura amorosa, o mundo se recria. Em cada ruptura, ele se desagrega. Na constatação, não há nada além de banalidade.

E mais uma vez as imagens desfilavam, rápidas e inúteis ou pesadas, confidenciais e repentinamente imobilizadas, submetidas à minúcia da investigadora [...] De cada imagem se destacava, pequena abstração dolorosa, um novo fragmento de conclusão. Nenhum deles tampouco foi expresso em palavras, mas, mudos e sem significado aparente, amontoavam-se no coração de Élisa. E logo, de sua misteriosa colaboração, nasceria a simples oração gramatical que varreria as imagens doravante inúteis, tendo-as reunido numa verdade precisa, espantosamente curta, toda contida em seu feroz conjunto de palavras. (pp. 23-24)

Estamos longe dos tormentos do escritor diante da folha em branco, delirando sobre a escrita por nada ter a dizer. Trata-se de traduzir, como se fosse um ditado, a aproximação da vida oscilando entre a cinza e a centelha, uma aproximação tão precisa quanto possível, pois para além começa o indizível, que não é o mistério, mas apenas a sombra e a luz do vivido, a paisagem íntima em que se realiza o destino de cada um e onde as palavras não pesam mais do que brumas efêmeras ao nascer do sol. E o fato de as palavras da tribo literária remeterem a esse além de todas as palavras, num último arabesco sensual, num último odor de prazer ou de sofrimento, é também uma maneira de acabar com a arte de escrever como atividade especializada, como empreitada separada do ser vivo.

MADELEINE BOURDOUXHE nasce em Liège, em 1906. No início da Primeira Guerra Mundial, ela e a família mudam-se para a França, passando por várias localidades até se estabelecerem em Paris. Em 1918, com o fim do conflito, voltam a viver na Bélgica. Estuda filosofia na Universidade Livre de Bruxelas e trabalha como secretária vitalícia da Libre Académie de Belgique (Fondation Picard). Durante a Segunda Guerra Mundial, Bourdouxhe faz parte da Resistência belga e, numa segunda temporada em Paris, convive com Simone de Beauvoir, Raymond Queneau, Jean-Paul Sartre, René Magritte e Paul Delvaux. Além de *A mulher de Gilles* (1937), seu romance de estreia, publica *À La recherche de Marie* (1943), *Sous le Pont Mirabeau* (1944) e *Les Temps passés* (1956). Na década de 1980, há um renovado interesse por sua literatura, resultando em reedições e traduções de sua obra. Falece em Bruxelas, em 1996.

MICHEL THORGAL é um dos pseudônimos do escritor belga Raoul Vaneigem (1934), conhecido por seu livro *A arte de viver para as novas gerações* (1967), em que critica diversos pilares da sociedade ocidental, sobretudo o capitalismo e seus efeitos. É um dos fundadores da filosofia situacionista, movimento internacional de cunho político e artístico que aspirava a grandes transformações e que influenciou os levantes de maio de 1968 em Paris.

PREPARAÇÃO Cristina Yamazaki
Raíssa Furlanetto (posfácio)
REVISÃO Ricardo Jensen de Oliveira, Fernanda Alvares
e Tamara Sender
CAPA Violaine Cadinot
IMAGEM DA CAPA Katrien De Blauwer
PROJETO GRÁFICO DE MIOLO Bloco Gráfico

DIRETOR-EXECUTIVO Fabiano Curi
EDITORIAL
Graziella Beting (diretora editorial)
Livia Deorsola (editora)
Laura Lotufo (editora de arte)
Kaio Cassio (editor-assistente)
Gabrielly Saraiva (assistente editorial/direitos autorais)
Lilia Góes (produtora gráfica)

RELAÇÕES INSTITUCIONAIS E IMPRENSA Clara Dias
COMUNICAÇÃO Ronaldo Vitor
COMERCIAL Fábio Igaki
ADMINISTRATIVO Lilian Périgo
EXPEDIÇÃO Nelson Figueiredo
ATENDIMENTO AO CLIENTE Meire David
DIVULGAÇÃO/LIVRARIAS E ESCOLAS Rosália Meirelles

EDITORA CARAMBAIA
Av. São Luís, 86, cj. 182
01046-000 São Paulo SP
contato@carambaia.com.br
www.carambaia.com.br

copyright desta edição © Editora Carambaia, 2023
copyright © Marie Muller, 2023

Título original: *La Femme de Gilles* [Paris, 1937]

CIP-BRASIL. CATALOGAÇÃO NA PUBLICAÇÃO
SINDICATO NACIONAL DOS EDITORES DE LIVROS, RJ

B778m
Bourdouxhe, Madeleine, 1906-1996
A mulher de Gilles / Madeleine Bourdouxhe;
tradução Monica Stahel; posfácio Michel Thorgal.
1. ed. – São Paulo: Carambaia, 2023.
168 p.; 19 cm

Tradução de: *La Femme de Gilles*
ISBN 978-65-5461-036-0

1. Romance belga. I. Stahel, Monica.
II. Thorgal, Michel. III. Título.

23-85607   CDD: 848.9933   CDU: 82-31(493)
Meri Gleice Rodrigues de Souza – Bibliotecária CRB-7/6439

ilimitada

FONTE
Antwerp

PAPEL
Pólen Soft 80 g/m²

IMPRESSÃO
Geográfica